上田未来
UEDA MIRAI
ボス
BOSS BAKER
ベイカー
双葉社

目　次

装画　旭ハジメ
装丁　坂野公一＋吉田友美（welle design）

第一章

1

つまるところ、ぼくはずっと愛を求めていたのだと思う。

だからこそ、この拳銃を手に入れたのだ。

これまでも、けっして愛がなかったわけではない。それはそこにずっとあったが、ぼくには見えていなかった。求め方もわからなかった。すでに手に入れているものは求めようがない。失ってはじめて求められるようになる。

ぼくは中流の家庭で幸せに育った。そのころは、自分が〝幸せ〟だとは気づいていなかった。大人になり、世界を知れば知るほど、自分がいかに恵まれていたのかがわかるようになった。いつだってそうだ。大切なことに気づくのには時間がかかる。

今度だけは失いたくなかった。

ぼくとエノモトは夕日に染まる荒川《あらかわ》沿いの土手を歩いていた。

「ほんとうに大丈夫なのか？」エノモトに尋ねた。

「大丈夫だって、任せとけって」

エノモトは、ポケットに手を突っこみ、痩せぎすの身体で肩を揺すりながら歩いていた。シルバーのスタジアムジャンパーが夕日を受けて、赤く染まっている。

ぼくと同じ、二十八歳。似合わない不揃いの短い髭《ひげ》を生やしている。ぼくとは幼馴染で小学校と中学校が同じだった。

とくに仲がよかったわけではない。定職に就かず、小さな悪事を繰り返している男だ。子供のころ、家に遊びに来ていたエノモトは、ぼくの部屋にあった、「ＵＳＡ」と書かれた小さなバッジを盗んだことがあった。とくに大事にしているものではなかったし、それを手に入れた経緯も覚えていなかったが、エノモトは信用できない、と子供心に思ったものだった。

そんなエノモトだったが、ぼくが自衛隊に入ることが決まったときには、まるで自分のことのように喜んで、餞別《せんべつ》をくれたりする妙な男でもあった。

エノモトがこちらに向かって、ニヤリと笑い、まるでダンスのステップでも踏むように身体をターンして小石を蹴とばした。小石は土手を転がり、叢《くさむら》に飛びこんで見えなくなった。

荒川の川面に滲《にじ》んだ太陽が、ぼくたちについて移動していた。暖かくも悲しげなその太陽が、どこまでも追いかけてくる。

橋まで百メートル手前でエノモトが方向を変えた。ぼくもエノモトについていく。

目的地には、それから二十分ほどで着いた。

寂《さび》れた商店街の外《はず》れにある、古びた時計屋だった。シャッターの閉じられた店の連なりのなかでも、ひと際古そうなこの店は、この街ができる遥か昔から存在しているように見えた。

まるで商売気がなさそうな外観だが、窓にコピー用紙が貼られ、そこには手書きで「最新スマートフォンの修理をします」とある。とてもスマートフォンを修理する技術がこの店にあるとは思えなかったが、何かしら手段があるのかもしれない。意志あるところに道は通ず。道はわからなかったが、少なくとも意志は見えた。

時計屋の主人は、八十代くらいの男だった。カウンターケースのうしろに座ってこちらを眺めていた。恰幅《かっぷく》がよく、薄くなった白髪をうしろに流している。度のきつそうな眼鏡を掛け、柔道着のような厚い生地の灰色の和服を羽織っていた。

老人は、眼鏡を鼻の前にずらすと、上目づかいでぼくと一緒に来ていたエノモトを見た。

「なんだ、お前か」

「お久しぶりです」エノモトは、ペコリと頭をさげた。

ここは紹介でないと拳銃を売ってくれない。それでエノモトに連れてきてもらったのだった。エノモトには仲介料を払うことになっている。

「おじさん、こいつはいい奴なんで」エノモトは、時計屋の主人にぼくを紹介した。

それからぼくを見て、

「錠二《じょうじ》、俺は用があるから」とさっさと店を出ていった。勝手なところは子供のころからまったく変わっていない。

時計屋の主人とふたりきりになり、気づまりな時間が流れた。

ここで拳銃を買えると聞いていたが、段取りはまったくわかっていなかった。

カウンターのケースに、古そうな――価値があるのかもわからない――時計が置かれていた。壁にはこれまた古そうな掛け時計が、配置に何か意味があるのか、並んで掛けてある。古い順なのかもしれない。あるいは値段順か。いずれにせよ、それらは整然と並んでいた。

時計屋の主人は、藪睨《やぶにら》みでぼくの顔をじっと見つめた。まるで、ぼくの顔に書かれた極小の文字を読んでいるような目つきだった。

年老いた主人がのっそりと立ちあがった。意外に背が低い男だった。あちこち油で汚れた紺色の前掛けをつけている。彼は何もいわずに奥に歩いていった。

うしろにドアがあり、彼が拳銃をとってくるのかと思ったが、ドアの前で立ち止まると、「こっちに来い」とぼくを呼んだ。


カウンターのケースをまわりこんで、老人が入っていったドアに向かった。

ドアの向こうには時計が山積みになっているのかと思ったが、そこはまるで子供部屋のような空間だった。それも金持ちの子供の部屋だ。その印象を強めているのは、部屋の真ん中にある大きな鉄道模型だった。十畳ほどの部屋の半分はその模型の台が占めている。

壁にはずらりと列車の模型の箱が積まれていた。こういうものが好きな人には垂涎《すいぜん》の光景なのかもしれなかったが、あいにく、ぼくはまったく興味がなかった。自分の理解できない趣向の物体に囲まれて、ただ圧迫感を感じるだけだった。

部屋の出入り口付近に、ひとり掛けの古い緑色のソファーが向かい合わせに置いてある。生地のあちこちが綻《ほころ》んでいた。ソファーとソファーのあいだには木製の正方形の小さなテーブル。あちこちに煙草の焦げ跡があった。灰皿はない。

「まあ、そこにお座りなさい」

老人はドアに近いほうのソファーを手で示した。

座ると、すっかり反発のなくなったクッションが盛大に軋《きし》んだ。どこまでも沈みこんでしまいそうなほどのソファーだった。やがて軋みが治まるとぼくの臀部《でんぶ》も所定の位置に収まっていた。

老人がぼくの前に腰をおろした。ほとんど軋む音は聞こえなかった。ぼくほどは沈みこまず、ぼくをじっと見つめる。目の高さはぼくよりも幾分低い。

「君は並行世界を知っているかね」老人はいった。

「え、何ですか?」てっきり銃の種類のことを聞かれるのか、あるいは、どうして必要なのかを聞かれると思っていたので、すぐには意味がわからなかった。

「ヘイコウセカイだよ」老人は、もう一度、今度はゆっくりと発音した。

「……いえ、知りません。それは何ですか?」

「この世界から分岐し、並行して存在する別の世界のことだ。観測はできないがね」

「へえ」

そういうしかなかった。ぼくは銃を買いに来たのだ。無駄話をしに来たんじゃない。

老人はじっとこちらを見つめていた。

また気づまりな時間が流れる。

――いったい、何の話なんだ？

こんな話はしたくなかったが、老人に話を合わせようと思った。そうすれば、この妙な科学談義を早く済ませてくれるかもしれない。遠まわりしたほうが結果として早いこともある。

「まあ、そうですね。そういうものがあるのだとしたら、じつに興味深いですね。でも観測できないんじゃ、意味はないように思いますけど」

老人は深い息をついた。眼鏡を外して布でレンズを擦る。

「観測できるかどうかは問題じゃないさ。あるかどうかが問題なんだ。たとえば、暗闇のなかで川に小舟が浮かんでいるとする。ある場所に差しかかったとき、川が分かれていても、その流れに乗って進んでいれば、分岐には気づかない」

「まあ、そうですね」

この老人は、ある、と思いたいのだ。だったら、ある、と思わせておけばいい。人は誰しも自分の信じたいものを信じる。それが事実かどうかは別として。

老人は続けた。

「人生ってやつは残酷でね。普通は一度きりだ。繰り返すことはできない。だが稀《まれ》に、人生の途中から、ふたつの世界を生きなければならない奴がいる。どちらも自分の人生だ。どちらかを選ぶことはできず、どちらも生きなければならない。そういう奴を幸運に思うかね？」

「まあ、二回、人生を送れるようなものですから、幸せといっていいんじゃないですか？」

老人はゆっくりと首を振った。

「その本人は自分が二回人生を送っているとは思っていない」

「でも、意識はどちらにあるんですか？　それがあるほうが自分の世界でしょう」

「『我思う、ゆえに我あり』か。デカルトだな。残念ながら、それはあてはまらない。ふたつの世界のどちらでも、『我』は『思う』。だから、どちらにも『我』は『ある』んだ。そのふたつの世界は、同じものではない。その人にとって、大切なものが存在する世界と存在しない世界だ」

「大切なものって何ですか？」

「誰だって、それがなければ世界がまったく変わってしまうようなものがあるだろう。そういうものだ」

「だったら、大切なものがある世界のほうの自分は幸せで、大切なものがない世界で生きる自分は不幸せってことになるから、二回人生を送っても幸せ度合いは同じじゃないですか」

「そんなに簡単なものじゃないさ。大切なものってのは絶対的な存在ではない。大切なものがある世界に生きていても、それが失われることもあるし、大切なものがない世界に生きていても、あとから大切なものが見つかるかもしれない」

「……だとしたら、幸せかどうかは、その人次第ということになりますね。それぞれの世界で、どう生きるかの問題ですから」

老人は考え深そうに、二、三度頷《うなず》いた。そして、ぼくを見る。

「君だったら、どうする？」

「え、ぼくが、何ですか？」

「そういう並行世界を生きる人間だったら、という意味だ」

ぼくは考えるふりをした。だが、実際には何も考えていなかった。早くこの妙な話から逃れたかっただけだ。それでも話を合わせるしかなかった。まだ拳銃を手にしていない。

「その人間は、自分が並行世界にいるとは気づいていないんですよね。だとしたら、気にしようがないですよね」

老人が、また深く頷く。

「確かにそうだな。だが、気にする必要はある。そいつは並行世界を生きることになるんだからな。本人が気づこうと気づくまいと」

ぼくはじっと老人を見つめた。

矛盾している、と思った。その人間は、世界が分かれたことに気づかない。それなのに、並行世界に生きていることを気にする必要がある、という。

これは禅問答のようなものなのだろうか？

「どうやったら、自分が並行世界にいることに気づけるんですか？」

「並行した世界が、またひとつになれば気づく。どちらの記憶も残っているからな」

「もとに戻るという意味ですか？」

老人が首を振る。

「完全にもとに戻るわけではない。どちらかの世界に吸収されるんだ。いっただろう、川の流れみたいなものだと。川と同じように分岐しても、また合流すれば、世界は、またひとつの流れになる」

「そのときは、どっちの世界になるんですか？」

「流れの強いほうの世界だよ」

「へえ」ぼくは感心したふりをして、いった。実際にはまったく感心していなかった。その〝流れ〟が、何なのか、さっぱりわからなかったからだ。

それでも疑問は浮かんだ。

「世界がひとつになるって、どういう意味ですか？」

「並行した世界は、互いに共鳴し合って、引かれ合うんだ。もともと同じ世界から分岐したものだからな。同じような環境のなかを流れる。インシデントが重なることも多い」

――インシデント？

時計屋の主人にしては妙な語彙《ごい》を使う男だ。

「もしも、世界が分岐しても、どちらも同じ人間なら、同じインシデントが起こったら、同じ反応をするんじゃないですか？」

確か、インシデントは「出来事」と同じような意味だったな、と思いながら尋ねた。

「そうとはかぎらないさ。同じ人間でも状況が違うんだ。たとえば、目の前にあるポルシェを壊さなきゃならないとする。一時間でそのポルシェの代金を稼ぐ人間と十年働いてもその代金を稼ぐことができない人間が同じ反応をすると思うか？」

「どちらの場合も、壊さない、という選択をすることはあるでしょう」

「壊さなければ誰かの命を救えない、となったら？」

「それなら壊すと思います。どちらの場合でも」

「それじゃあ、それを壊さなければ命を救えないと知っているのが、君ひとりだけだったとしたら？　誰にも理解されないことだから、当然そのポルシェの代金は壊した者が支払うことになる。救われた人間も君が助けたとはわからない。君はただ責務を負うだけだ」

「……そんな状況がありますか？」

「仮定の話だよ。もしも、そんな状況なら、壊さないことを選択する者はいるだろう」

「まあ……そうかもしれませんね。だけど、ぼくは自分ひとりでも、そう信じているなら壊す、と思います」

「いうのは簡単だよ。実際にどうするかは、そのときになってみないとわからない」

老人が眼鏡の位置を直してから続ける。

「それぞれの世界でインシデントが重なったとしても、分岐した流れは普通は交わらない。それでも、〝生き方〟によっては、その共鳴が強くなり、まったく〝同じ〟になることがある。そのとき世界はひとつになる」

「はあ……」

妙な話のなかに、さらに抽象的な事柄があり、正直、何をいっているのかわからなかった。ぼくはもっと切実なことが気になっていた。

いま、自分がいるこの現実世界のことだ。

「でも、どうして、ぼくにこんな話をするんですか？」

ぼくは話を切りあげたくて、老人に尋ねた。

老人がニヤリとした。

「多くの人間は、自分の世界が分岐しても気づかないもんさ。気づかないうちに分岐した世界を平然と生きているんだよ。だけど、自分にとって何がほんとうに大切なのか知っている人間は別だ。そういう人間は並行世界に生きても、また世界をひとつにできる。君にはそういうことができるような気がしたんでね。だから、どうしても話しておきたかったんだよ」

「なるほど……」

老人が手摺《てす》りを掴み、ようやく立ちあがった。壁際を歩き、模型の箱に手を這わせながら、何かを探しはじめる。

——さっきのは、いったい、何の話だったんだ。拳銃を買うのに必要な話だったのだろうか？

「もし、人生をやり直せるなら何がしたい？」

老人がこちらを見ずに尋ねてきた。

「えっと……そうですね。パン屋ですかね」

「パン屋か」老人が振り返って意外そうな顔を向けた。

まじまじと見つめられて、戸惑った。正直そこまで本気で考えて答えたわけではなかった。パン屋に興味があったのは確かだが、正確にはぼくの夢ではなかった。それは太陽《たいよう》の夢だ。太陽は、ぼくが盗みをはじめたころに知り合った男だった。彼は数年前まで実際にパン屋をしていた。だが、店を閉めざるを得なくなり、いまはぼくと一緒に行動している。

太陽がつくるパンは絶品だった。

色鮮やかなクロワッサンを家で焼いて持ってきたことがあった。生地に抹茶とラズベリーとチョコレートを練りこんだものだ。一口ごとに味が変化する。趣味の領域を遥かに超えるもので、店で売られているものでもこんなにうまいパンを食べたことはなかった。太陽は、時間が余ったからつくってみたと、こともなげに話していた。

彼のパンを食べるたびに、彼にはまだパンづくりに情熱が残っているのだなと感じる。その熱がぼくに伝わったのかもしれなかった。

それにしても、突然妙な方向から話を振ってくる老人だった。

「いい夢じゃないか。人生をやり直すなんて、大げさなものじゃなくても、いまからでも目指せるんじゃないのか」老人が話す。

「どうですかね。そんなに簡単にはいきませんよ」

どっぷり身体の半分以上浸かってしまった泥から簡単に抜けだせるとは思えなかった。望んで泥に嵌《はま》ったわけではなかったが、こうなった以上もう引き返すことはできない。

「それで、どんなのが欲しいんだ?」

ようやく銃の話だろうか？　おそらくそうだろう。

「できれば、九ミリのオートマティックがいいですね」ぼくはいった。

自衛隊時代に使ったことがあるものであれば扱いやすい。

「いつまでに必要だ？」老人がこちらに背中を向けたまま尋ねる。

「すぐにでも」

危険を回避するために、どうしても今夜の仕事に必要だった。

「それなら、贅沢《ぜいたく》はいえんな」

老人は棚を探ると、何かを手に持って振り返った。拳銃だった。模型の箱に入れていたようだった。

「急ぎとなると、これしかない」

ゆっくりと戻ってくる。よっと声を出しながらソファーに座り、テーブルの上に一丁の拳銃を置いた。知っている銃——トカレフだ。

「触ってもいいですか？」

老人が頷いた。

「正規のものじゃない。コピー品だ」

手に持ってみると、手触りは本物の拳銃と変わりないように思える。

実際のトカレフに触れた経験はなかったが、自衛隊が採用している、ミネベアの九ミリ拳銃と重さも材質も似ている。ミネベアの九ミリ拳銃なら、弾が入っていないかどうかを手で持っただけでわかるほど訓練で使用していた。形が似ているから、これも使いこなせるだろう。ただ、やけに古いのが気になる。

「撃てるんですか？」

老人は何を考えているのかわからない顔でぼくを見た。

「撃てるときは撃てるし、撃てないときは撃てない」

——大丈夫なのか？

しかし、そんな銃でもないよりはましだろう。少なくとも相手を脅すことはできる。

「いくらですか？」

老人が背もたれに体重を移した。ギギッとソファーが軋んだ。

「そいつでいいなら、タダでやる」

「ほんとうに？」

エノモトに聞いたときは最低でも五十万円はかかるとのことだったから、ある程度の金を用意していた。

「ああ、構わん。どうせ処分しようと思ってたからな」

壁に向けて両手で銃を構えてみた。自衛隊時代の射撃訓練を思いだす。カートリッジを外すと、弾はすでに充塡《じゅうてん》されていた。

「弾は、いるか？」

トカレフの構造は簡単だと聞いている。コピー品ということは、構造は同じなのだろう。

「これだけあれば、じゅうぶんです」

何も銃撃戦をするわけではない。できれば撃ちたくもなかった。

立ちあがって、拳銃を腰のうしろのベルトに差した。それをシャツで隠す。

「それじゃあ、助かりました」

出ていこうとしたとき、老人はいった。

「気をつけろよ。さっきもいったが、そいつは確実に撃てるかどうかはわからない。撃てるときは撃てるし、撃てないときは撃てない」

ぼくは手を挙げて応えた。

――わかってますよ。

しかし、実際には、ぼくはまったくわかっていなかった。ほんとうにその意味がわかるのは、もう少しあとのことだ。


帰り道を歩きながら、エノモトにスマートフォンで電話をかけた。あの老人を紹介してくれた礼をいうためだった。

〈ああ、あのおっさん、またあの話をしたのか〉

ぼくが並行世界の話をされたといったら、エノモトは、よく知っているといった口ぶりでいった。

〈最初の客にはいつもその話をするんだよ。世界が分岐して、どうのこうのってやつだろ〉

「そうなのか」どうやら見込みがあったのは、ぼくだけではなかったようだ。

さては、エノモトはあの話を聞くのがいやで先に帰ったな。

〈で、売ってもらったのか？〉

「ああ、古い銃をタダでくれたよ」

〈タダで？　……そいつは珍しいな。あの、おっさん、普段は、がめついんだけどな。大丈夫か、その銃？〉

「まあ、見た目は普通だな」

だといいけどな、とエノモトはいった。

2

あの夜のことは忘れることができない。ぼくは一夜にして家族全員を失ったのだった。いまから五年前のことだ。

それを聞いたのは、陸上自衛隊習志野《ならしの》駐屯地の宿舎のなかだった。パイプベッドで寝ているときにスマートフォンが鳴った。早朝だった。

その前日まで、ぼくは第一空挺団の隊員として、二年に一度おこなわれる大規模な訓練検閲に参加していて、熟睡していたところを起こされてぼんやりしていた。

訓練検閲とは、第一空挺団のふたつの大隊で一週間をかけておこなわれる大規模な演習だった。

最初にパラシュート降下をし、そのあと三日三晩をかけて百キロを踏破する。全重量八十キロを超える荷物を持ち、寝ることなしに百キロ歩き続けるのだ。そのあとにようやく演習に入る。どんな猛者《もさ》でもこの演習はきついものだった。

　家族全員が死んだと電話の相手は伝えてきたが、すぐには意味がわからなかった。演習では、大勢の者が死んでいた。といっても、それは模擬演習で、コンピューターが敵弾の当たりを判定して、「死」をくだすのだ。幸い、ぼくは生き残っていたが、多くの仲間が「死んで」いた。そのため、ぼくは現実の死にすぐに対応ができなかったのだった。自衛隊ではバーチャルな「死」は日常だった。

「もう一度、いっていただけますか?」

「残念ですが、あなたのお父さん、お母さん、妹さんの三人がお亡くなりになりました」

　相手は警察だった。こちらを慮《おもんぱか》る口調で話していたことを覚えている。

　数秒、沈黙したあとでぼくは尋ねた。

「どうしてですか?」

「火事です」

　そのときにはまだ火事の原因はわからなかった。放火だったとわかるのは、葬儀のあとのことだ。燃焼促進剤が使われていたと警察から聞いた。そのほかにもいくつか放火の証拠が見つかったらしいが、犯人は見つかっていなかった。

　これまでも、火事で亡くなる人の報道を耳にしたことがあったが、火がそれほど恐ろしいものであるとはあまり考えてこなかった。実際に自分の家族を失って、その恐ろしさを知ることになった。

葬儀のあと、ぼくは大隊長から一週間の休みをもらい、駐屯地から出た。しかし、行き場がなかった。実家が燃えてしまったのだ。

物質的な意味においても、精神的な意味においても、ぼくは行き場を失っていた。

伯父からの誘いで、ぼくは実家の近くにある伯父の家で過ごした。

隊に復帰したぼくは、まったくの別人になっていた。結局、放火犯は見つからずじまいだった。

正直、あのころのことはよく思いだせない。大隊長をはじめ先輩、同僚に励ましの言葉をかけてもらったことは覚えている。もう少し休暇をとってもいい、といわれたが、とらなかった。まだ訓練していたほうがましだった。何もしていない時間はあまりにもつらすぎた。きちんと最期の言葉を交わすことができずに家族を失うことが、これほどつらいものであるとは想像もしていなかった。ぼくが最後に母と交わした言葉は何だろうと思い返したが、はっきりとは思いだせなかった。前の休暇で実家に帰って家を出たときだから、「気をつけてね」だったろうか。

とくに妹が不憫《ふびん》でならなかった。ぼくとは五歳違う妹――まだ十八だった。人生のほとんどを知らずに彼女は逝ってしまった。彼女は、大学入試に向けて受験勉強しているところだった。歳が離れていたから、それほど仲がよかったというわけではないが、妹が努力家だったことは知っている。あの努力はどこへ消えてしまったのだろう。彼女が勉学に勤《いそ》しんだ日々に何の意味があったのだろう。

妹がこういったのを覚えている。

「わたしが防衛大に入って、自衛隊の幹部になったら、お兄ちゃんを部下としてこき使うからね」

防衛大を志望していたのは一時期のことで、そのあと彼女は進路を変更したが、妹のような人間が自衛隊に入るのは、いいことかもしれない、と思った。妹の語る夢は青く、理想論が多かったが、現実を知らないからこそ語れるものがある。

いつか妹も現実を知るようになり、理想を曲げるときがくると思っていたが、その機会は永遠に失われてしまった。彼女は理想的な世界を描いたまま、現実世界の舞台から退場してしまったのだった。


家族を失って半年後、ぼくは自衛隊を退職していた。多くの者に引き留められたが、どうにもできなかった。とくに直属の上官である中村《なかむら》からは、せっかく陸上自衛隊の精鋭部隊である第一空挺団に所属して、才能もあるのにもったいない、もう一度考えなおさないか、と何度もいわれた。しかし、そういう問題ではなかった。気力が完全になくなっていたのだ。愛する者たちを守るためにこの仕事についたが、その愛する者たちが突然いなくなってしまったのだ。

実家の近くで、ひとり暮らしをはじめて、エノモトと再会した。エノモトは相変わらずチンピラで、そのころにはすでに接点がなかったが、偶然近くのコンビニの前で会ったのだった。

そのとき、エノモトは実家の火事について、いろいろ話してくれた。放火犯のことも。

「お前んとこの親父さんは、いろいろあったからな」

「いろいろって、どういう意味だ」

父親は自宅で鍵屋をしていた。ぼくが物心ついたころからずっとそうだった。昔気質《かたぎ》の寡黙な人で、友人付き合いもほとんどなく、休みの日でも鍵をいじっているような人だった。

「盗みだよ」エノモトはこともなげにいった。

一瞬おいたあと、ぼくはエノモトの胸倉を摑んでいた。

「てめぇ、何いってんだ」

エノモトはお道化《どけ》た顔をつくった。

「おいおい、やめてくれよ。知らなかったのか?」

呆れた顔をしていた。

「親父は、そんなことはしてない!」ぼくはエノモトを突き飛ばした。

エノモトはジーンズの汚れを払って立ちあがった。そこには笑顔はなかった。

「……そうか、ほんとうに知らなかったのか。そりゃ、ショックを受けるよな」

慰めるような口調でいうエノモトを無性に殴りたかった。

「まあ、何かあったらいってくれ。いつでも力になるから」そういうと、エノモトはぼくから離れていった。

——親父が盗み……。放火も親父の盗みと関係しているのか?

あり得なかった。真面目一辺倒の父親だ。母にしても、もし父がそんなことをしていたなら、結婚するはずがなかった。

しかし、アパートに帰って天井を見あげながら寝そべっていると、いろいろと思いだすことがあった。ずいぶん昔のことだが、親父はよく夜に出かけていた。そんなとき、母と意味ありげな視線を交わしているのを見たことがある。親父は、鍵を失くして家に入れなくなった客からの急な依頼だといっていたが、ほんとうにそうだったのだろうか？

不審な男からの電話もときどきかかっていた。深刻そうな顔をした親父が、受話器を耳にあてて、小声で話していたことを覚えている。

何度か、そういう電話を親父にとり次いだこともあった。電話の相手は、ぶっきらぼうに、「親父を出せ」とだけいって、親父の知り合いだろうが、いったいどういう関係なのだろう、と訝《いぶか》ったものだった。

翌日、伯父の家に行った。伯父はすでに仕事を退職し、庭で家庭菜園を趣味とする人だった。あとはゴルフくらいか。

「ああ、錠二、よく来たな」

伯父は夫婦で暮らしている。子供はふたりいるが、すでに家庭を持って別の場所で暮らしていた。

ぼくは伯父に、家に食事に来るようにと誘われていたが、いつも断っていた。家族の身内と会うことはまだつらかった。どうしても、父、母、そして妹のことを思いだしてしまう。

「まあ、入りなさい」

伯母は出かけているようだった。ぼくは居間にとおされ、座り心地のいいソファーに座った。向かいにテレビがあり、ゴルフの中継が流れていた。

「コーヒー、飲むか」伯父はいった。

「ええ、いただきます」

火事の直後に一週間泊まらせてもらって以来、ここへ来るのははじめてだった。

伯父がトレーに、コーヒーの入ったカップと菓子を載せて持ってきた。テーブルに置いて、ぼくの隣に座った。

「何か、用があったのか？」

ぼくは親父のことを尋ねた。父がほんとうは何をしていたのか、を。

伯父は覚悟を決めていたのだろう。その話しぶりには、いつか聞かれるかもしれないと思っている節があった。

淡々と話してくれた。親父が若いときは、かなり素行が悪かったこと。盗みで刑務所に入ったことがあること。出たあともしばらく盗みをしていたこと。伯父も親父と一緒に盗みをしていたこと。

どれもはじめて聞く話ばかりだった。

やはり、親父の過去にはうしろ暗いものがあったのか……。

ショックと納得の入り交じった感情を覚えた。そうであってほしくないという気持ちと、そうだったのかもしれないという気持ちが、すでにぼくのなかに存在していたようだった。

伯父は、十年ほど前に、親父と伯父が盗みをやめたことも話してくれた。

「あいつは、生まれ変わったんだ」

「……あの放火は、親父の過去に何か関係があるんですか?」

これが一番聞きたいことだった。

伯父はしばらく黙りこんでいた。

「まあ、そうだな」コーヒーを口にする。カップをゆっくりと置いて、「弟は、ある仕事を頼まれてそれを断った。それが原因かもしれない」

「何の仕事ですか?」

「盗みだよ」

「それを父が断ったから、放火されたんですか?」

伯父は黙ってぼくを見つめた。

この沈黙がぼくの質問に答えていた。

「放火のことを警察にいいましたか?」

伯父は頷いた。

「ああ、いったよ。警察も調べてくれたが、証拠は見つからなかった」

「誰が父に仕事を頼んだのかわかっているんですか？」

ぼくをじっと見つめた。

「いまさら知ったところで仕方ないだろう」

「それでも知りたいんです」

伯父は迷っているようだった。

「教えてください！」ぼくは頭をさげた。「家族が死んだんです。真実を知らなければ、これから生きていけません」

「……わかった。だが、妙なことはするなよ」

ぼくは頷いた。

伯父は静かにいった。

「登美丘誠二郎《とみおかせいじろう》。登美丘建設の社長だ」

——登美丘建設……。

その男なら知っている。正月にいつも家に来る男だった。子供のころはよくお年玉をもらっていた。そんなとき、親父があまりいい顔をしなかったのを覚えている。あの男？

「そいつが父を……母と妹を……」

伯父は頷いた。

「あいつは表向きは建設会社の社長だが、裏では強盗集団を率いている」

「強盗集団……。それならわざわざ父に頼まなくてもよかったんじゃないですか」

「お前の親父ほど腕の立つ奴はそうそういないからな。それだけ危険なヤマだったんだろう」

「だけど、それを断っただけで、放火までされるんですか?」

「口封じと見せしめのためだろうな。登美丘は昔から危険な男だった。だが、証拠を残してないから警察は何もできない」


それを聞いた日から、ぼくは決心した。

あいつに復讐してやる、と。

伯父には、妙なことはしないと約束したが、これはぼくの問題だった。ぼくの父と母と妹の命を奪っておきながら、警察にも捕まらないなんて、許されないことだった。

誰もできないなら、ぼくがするしかない。

まさか自衛隊を辞めて、その技術が役に立つときが来るとは思ってもみなかった。自衛隊もそんなことに利用されるために、ぼくを訓練したわけではないことはわかっていたが、これがぼくのするべきことだと思ったのだった。

秋葉原でナイフ、赤外線スコープ、盗聴器、GPS発信機を買ってきた。親父のスバルを運転して、登美丘誠二郎の自宅近くに張りこんだ。このスバルは火事になったあとも車庫に残っていたものだ。火事の熱でボンネットの色が変色していたが乗れないことはなかった。

ぼくには自信があった。陸上自衛隊の第一空挺団で一番得意だったのは斥候《せっこう》だ。斥候では、偵察する力と、いざとなったら味方の援護なしに相手を倒す力が求められる。

登美丘が家に戻ってきたのは夕方だった。それから高校生の娘、小学生の息子ふたりが帰ってくる。妻はずっと家にいた。

絵に描いたような幸せな家族に見えた。ぼくは赤外線スコープで家族の行動を偵察しながら、動揺していた。

ここにも家族があるのだ。当然のことだったが、ぼくは家族を失ったことで、すっかり家族の存在を忘れてしまっていた。

登美丘を殺せば、妻、娘、息子はどれだけの悲しみを覚えるだろう。ぼくにはそれが痛いほどわかっていた。誰かがぼくと同じ悲しみを味わうことなどしたくない。

──登美丘は殺せない……。

ぼくは家に引きこもって、数日考え続けた。

どうすれば復讐できるのか。

ふと頭に浮かんだ。

──そうだ。あいつの大切なものを盗もう。

あいつは父に何かを盗ませたかったのだ。だったら、ぼくがかわりに盗んでやる。ただし、あいつのものを。

あいつのものを盗んだところで、家族の命が返ってくるわけではなかったが、あいつを苦しめることができる。ぼくは、とにかくあいつを苦しめたかったのだ。

偵察する場所を登美丘建設に変えた。数日張りこんで、警備システムを把握した。防犯カメラを設置しているが、どこの警備会社とも契約してはいなかった。自分たちで守る自信があるのか、あるいは侵入する者などいないと思っているのかもしれなかった。

家のなかに侵入するのも金庫を見つけるのもそれを開錠するのも、驚くほど簡単だった。ぼくにはその素質があるのかもしれなかった。自分のこれまで知らなかった特性だった。

子供のころ、父が分解した錠を見るのが好きだった。暇なとき、父は、一つひとつの部品の役割を説明してくれたものだ。

——鍵はかならず開けられる。

それが父の口癖だった。

父が直接教えてくれることはなかったが、見よう見真似で、父がいないときによく錠を開けて遊んでいた。開錠の技術を学ぶつもりなどさらさらなく、ただ純粋に鍵を開けることが楽しかった。開けたあとはかならずもとの状態に戻しておく。

父のところには種々様々な錠が持ちこまれていた。ぼくは、新しい錠が入るたびに、どうやって開けるのかが気になり、父の仕事を盗み見た。父はそのことにはとくに何もいわなかった。ぼくが近くにいることを喜んでいるようにも見えた。

父と作業場で過ごした時間が、知らず知らずのうちに、ぼくにこの技術を身につけさせていたようだった。

登美丘建設には、社長室の壁に、隠された金庫があり、ぼくはその金庫から、三千四百万円を盗んだ。父と母と妹の命には比較にならないほど安い金額だったが、あいつにダメージを与えられればそれでよかった。その金は全額、火事で身寄りをなくした人を援助する団体に寄付をした。

そのときから、ぼくの生き方は変わった。

同じように誰かを苦しめている者を、ぼくの技術を使って、制裁しようと思ったのだ。そして、そいつらから奪った金を苦しんでいる者たちに還元する。

ぼくには、ぼくがこの世界に存在する目的が必要だった。

——これでまたぼくは生きていける。

3

太陽に出会ったのはその二年後のことだった。あのころは自分でもうまくやっていると思っていた。いっぱしの義賊気取りでいたころだ。警察になんか捕まるわけはないと高をくくっていた。

だから、暗闇のなかで、あの言葉を聞いたときは、かなりのショックだった。

「まったく駄目だな」

落ちついた男の声だった。

ぼくは、ぎょっとして、そのほうを向いた。暗がりだったが、そこに人がいることは感じた。

彼はずっとそこにいたようだったが、声をかけられてはじめてその存在に気づいたのだった。

「誰だ?」ぼくは訊いた。

ふっ、と鼻で笑うような声がしたあと、

「同業者だよ」とその男はいった。

それから、その姿を現した。深い暗がりから、薄い暗がりに移動しただけだが、男の姿をしっかりと見ることができた。

黒の目出し帽を被っていた。黒い長袖のシャツとパンツ――全身黒ずくめだった。まるで暗闇の一部が人間の形となって抜けだしたかのように見えた。

黒ずくめの男はいった。「もうすぐ警備員がやってくる。お前が警報装置に引っかかったせいでな」

まさか……。

自分が盗みに入る前に、ほかの者が盗みにきていたなんて思いもしないことだった。

「金庫は諦めろ。いますぐに逃げたほうがいい」

そういうと、男は窓のほうに向かった。カーテンから差しこむ薄明りで、彼のうしろ姿のシルエットが見えた。スラリとした体躯《たいく》だった。

「うるせぇ」ぼくはそういったと思う。かなり動揺していたからはっきりとは思いだせないが、男を拒絶したのは確かだ。

まだこの状況を飲みこむことができず、戸惑っていた。

この家は、闇金融をおこなっている男の家だった。ぼくはこの家に隠し金庫があることを突きとめ、盗みに入ることにしたのだった。

いまふたりがいる場所は、一階のリビングだった。このリビングの床に隠し金庫がある。床を剝がしたところで、その男の声が聞こえたのだ。

「勝手にしろ」男は窓を開けると、すっと庭におりた。まったく音がしなかった。この仕事に慣れた男だということはわかった。

ぼくの前には、床に嵌《は》めこまれた、縦五十センチ、横三十センチほどの金庫があった。スティールでコーティングされた気泡コンクリートの金庫だ。気泡コンクリートが使われているのは耐火性を高めるためだ。嵌めこまれているため、そのまま持ちだすことはできない。しかし、持ってきた道具を使えば開けられることはわかっていた。ただし最低でも十五分はかかる。

「くそっ」

あの男がいったことが事実ならば、すぐにでも警備会社の者がやってくるかもしれなかった。金庫を開ける時間はない。

ぼくは、この一ヶ月、この家の主《あるじ》の行動を観察した苦労を思った。赤外線スコープを使って、夜にこのリビングで男が床に何かを入れるところを見たのが三日前のことだ。

ここで失敗すると、男は隠し場所を変えて、用心が増すはずだった。そうなると、今度盗みに入るのはかなり難しくなる。

——だが、仕方ない。

捕まるよりはいい。

ぼくは、金庫を恨めしく一瞥《いちべつ》したあと、床板をもとに戻した。そして、さきほど黒ずくめの男が出ていった窓に向かった。

塀を越えて、その家をあとにした。

4

運命の出会いとはこういうことをいうのだろうか。その男との出会いが、ぼくの人生を変えた。ぼくに生きる意味を、目的を、価値を教えてくれたのだ。彼に出会わなかったなら、間違いなく〝ぼく〟という人間は存在できなかっただろう。

いや、存在していたとしても、それは完全な〝ぼく〟ではなかったはずだ。


ぼくがはじめて金庫からものを盗らずに家を出た数日後のことだった。

オープンテラスの喫茶店で、コーヒーを飲んでいたとき、突然目の前の席にひとりの男が座った。ぼくになんの断りもなく、その男は平然と座ったのだった。

見まわすとほかにも席は空いている。平日の午後二時だ。たとえ、席が埋まっていたとしても、すでに男がひとりで座っているテーブルに座るのは不自然な行為だった。

「やあ」と男はいった。

浅黒い顔をした男だった。何歳かはわからなかったが、雰囲気と物腰からすると、ぼくより少し年上のように思えた。髪の毛を茶色に染めて、真ん中でわけている。細いフレームの眼鏡は髪の毛と同じような薄茶色だった。眼鏡のレンズをとおして、細い目が見える。こんな出会い方にもかかわらず、優しそうな目だと思った。

背の高さは百八十センチぐらいだろうか。スラリとした体躯《たいく》だった。

その瞬間、あの男を思いだした。盗みに入っていたときにいた先客だ。リラックスした声の感じも同じだった。

ぼくは黙って男を見つめた。どうしてぼくがここにいることを知っているのだ、と考えていた。

「あのあと、お前をつけたんだ」男はぼくの心を読んだかのようにいった。

――やはり、あのときの男か……。

「……どうして、そんなことをしたんだ」

男が薄い笑みを浮かべた。

「スカウトするためだよ。前から、お前の存在は知ってたよ。調べたんだ。なかなか手際がいい。少し慎重さが足りない感じがするけどな」

穏やかな口調だった。

男は脚を組んでいたが、上にある足先が小刻みに揺れていた。リラックスしているように見える男には似つかわしくない動作だった。

それを見て少し気分が落ちついた。

昼下がりのオープンテラスで交わすには相応しくない話題だったが、興味を惹かれる自分がいたことも事実だ。

ぼくはこれまで、ひとりで盗みをしていた。悪人とわかった者からしか盗まない。盗んだものの半分は慈善団体に寄付し、もう半分はぼくの収入になった。

少しでも正義をおこなっていることがモチベーションになっていたが、誰にも知られずにするその行為は同時に虚しくもあった。

「スカウトって、何に?」男に尋ねた。

「俺と一緒に組まないかってことだよ。お前とならいいチームになれる」

「ぼくは金儲けのためにしているわけじゃない」

「わかってるよ」男がいい、ぼくはどきりとした。この男が知るはずもないことだった。

そのとき、ウェイトレスがテーブルにやってきた。男がコーヒーを頼むと、ウェイトレスはさがっていった。

「わかってるって、何をだ」ぼくは警戒を緩めずに、男を睨《にら》んだ。

「お前のことだよ。お前は悪人からしか盗まない」

男は白地にブルーの線が入ったカップに手を伸ばすと、口元に持っていった。カップを傾けてコーヒーを飲む。そのあいだ、彼の視線は、ずっとぼくに注がれていた。

「……どうしてわかった?」

「蛇の道は蛇、というだろう。お前の存在に気がついたのは、半年前のことだ。俺が狙っていた家にお前が来たんだ。俺は、その家を偵察するために来ていたところでね。そこにお前がやってきたというわけだ」

「どの家だ」

「青い屋根の豪邸だ」男はいった。

ああ、と思った。あの家の主は、詐欺グループのトップでダミー会社としてエステティックサロンを経営している男だった。実際に、その男は、ぼくが盗みに入った一週間後に詐欺容疑で警察に捕まり、実刑を受けることになった。あのときにこの男は、ぼくを見ていたというのか？

「それから何度かお前の仕事を見させてもらった」

ぼくは、そのとき何を考えたか。

気味が悪い、あるいは、恐ろしいと思うべきだったのかもしれない。だが、そうは思わなかった。ぼくは感心していたのだ。

ぼくは自衛隊でも偵察活動の訓練を受けている。それらは、おもに森のなかや戦地においての活動で、街中で尾行に気づくというようなものではない。それでもじゅうぶんに注意を払っていたにもかかわらず、この男はぼくに気づかれずにあとをつけていた。その能力に、驚くと同時に感心したのだった。

「俺たちには共通点が多い」男はいった。「俺の親父もお前の親父と同じで盗みをしていた。つまりこれは、ファミリービジネスなんだよ。俺もこれを金目当てでしているわけじゃない」

ファミリービジネス……。

ぼくの父が盗みをしていたことも知っているというのか。この男はどこまでぼくのことを知っているのだろうか？

それから男は名乗った。

「俺の名前は、吉田《よしだ》太陽だ」

これが、ぼくと太陽との出会いだった。

5

知れば知るほど、太陽は複雑な男だった。知識があり、情熱があり、信念を持っているが、ひどく神経質。

彼の立てる計画はいつも完璧で、盗みをする相手は悪事をした者に限定される。その調査は恐ろしいほどに徹底したものだった。いわば「盗みのパーフェクト・プロデューサー」とでもいえるような男で、どのタイミングでどの家に侵入し、何を狙うべきかを完璧に把握して計画を立てていた。

彼の優秀さもそのひとつだが、ぼくは、彼の不安定さにとくに惹かれた。それは、ぼくのなかに内在するどろどろとした、固定されていない心の有様を体現しているように思えたからだ。彼の内部には、完璧さと不安定のふたつの矛盾する性格が奇妙なバランスを保って共存していた。かつて、それほどくっきりとその分裂を見せてくれた者はいない。

彼がそんな性格を有することになったのは、彼の生い立ちに関係するのかもしれなかった。

彼が、ファミリービジネスといったように、彼の父親も盗みをしていた。が、同時にその父は警察官でもあった。罪を犯す側ととり締まる側が同じ人間のなかにあったのだ。だから、太陽の相反する性格は、遺伝的なものかもしれなかった。彼の父は、昔ぼくの父と組んで盗みをしたことがあるようだった。

太陽は、ずっと盗みを稼業にしていたわけではない。彼は一度はパン職人になっていた。「昔からパンが好きだったからな。パン屋になることが夢だったんだ」太陽がそう語ったことがある。

実際、太陽はパン職人を養成する学校に通い、卒業したあと、住みこみでパン職人として五年間過ごしていた。その後、二十六歳の若さで東京にパン屋を開業していた。

かなり繁盛したらしいが、父親のかつての仲間に営業妨害され、やめざるを得なくなった。そのときにはすでに彼の父は他界していたが、盗みのチームのリーダーをしていた彼の父は、過去の諍《いさか》いで仲間に恨みを買っていて、それが息子の太陽にぶつけられたらしい。

そのとき太陽は、自分も父のように裏の道で生きるしかない、と悟ったのだそうだ。そして、その生き方をするなら完璧な盗みのチームをつくろうと考えた。父のように悪人からしかものを盗まない。だが、仲間から裏切られることのないチームだ。それで、ぼくを見つけたというわけだった。

ぼくたちふたりは完璧なチームだった。太陽が計画を立て、ぼくが金庫を破る。ふたりで一緒に侵入することもある。息はぴったりで、ふたりのあいだに入るものは何もなかった。

ぼくは、こんな生活が永遠に続けばいいのに、と思った。そこには、ひとりで盗みをしていたときには得られなかった達成感があった。太陽は、ぼくの持っていないものを持っている。それは、熱い情熱だ。その熱にぼくはすっかり焼かれていた。

ぼくたちのチームに変化が起こったのは、一年が過ぎたころだった。

メンバーが増えたのだ。ぼくには歓迎したくない変化だった。

ぼくは太陽とふたりだけのチームがよかった。実際、ふたりだけのときは、完璧なチームだったと思う。失敗したこともない。

しかし、太陽はそれ以上のことを望んでいた。

ぼくの考える完璧さよりも、さらに上の完璧さだ。そのために、彼は仲間が必要だと考えたのだった。

確かに、侵入できる場所は増えた。メンバーのひとり、島袋《しまぶくろ》瞳《ひとみ》は警備会社に勤めていた女で、警備システムに詳しく、どんなに厳重に警備された建物でも警備の穴を見つけることができた。小柄で、オレンジがかった茶色に髪を染めている。

それからもうひとり、トマリ徹《とおる》はハッキングして防犯プログラムを書き換えることができる。彼の助けを借りれば、監視カメラの向きを変えることさえできた。眼鏡をかけて、坊主頭、痩せ細った身体つきの男だ。

そして、最後に加わったのが、鬼山《きやま》だった。目の下に隈のある暗い顔の男で、こいつはドライバーだ。昔はＦ３のレーサーだったらしい。

この男の加入をぼくは問題視した。ぼくたちの仕事に逃走車両が必要になるとは思えなかったからだ。持ち主や警察に追われなければ、鬼山は安全運転して仲間を運ぶだけになる。

「保険のようなものだ」と太陽はいった。

しかし、これまで逃げるような機会は一度もなかった。彼が自分の技術を発揮する機会はほとんど――いや、まったくない可能性だってある。それに、奪った金はメンバーで五等分することになっていたが、安全運転をしただけの鬼山も同じだけもらうことに不満を持つ者がいるかもしれない。

「君も不満に思うのか?」太陽は尋ねた。

「ぼくは思わない。金が目的じゃないからな」

「それなら問題はないだろ。ほかのメンバーは賛成している」

しかし、ぼくはいやな予感がしていた。概して、いやな予感はあたるものだ。

6

――午前二時。

その日の仕事はスムーズに終わった。何も問題がなかった。ないどころか予想以上の成果をあげてもいた。当初はそれほど大きな成果に繋《つな》がらないだろうと思っていた案件が、かなりの大仕事に変わったのだ。

それに気づいたのは、ぼくが金庫を開けたときだった。数百万ぐらいはあるだろうと思っていたが、そこには数千万ほどの現金が入っていたのだ。ボストンバッグをふたつ使うことになった。

「あいつはよっぽどあくどいことをしてるな」ぼくがいうと、太陽は、「かもな」と素っ気なく返した。

五人で等分すると、ひとりあたり一千万以上になりそうだった。もっとも、この半分は慈善団体に寄付をし、残りの一割はチームのプール金として貯金するというのがこのチームのルールだ。ぼくたちは、これを〝税金〟と呼んでいた。それでもかなりの額になることは間違いない。

ぼくと太陽は、ビルを出て、鬼山の運転するホンダのＳＵＶに乗った。バックアップ役の島袋とトマリは、別の車で移動している。

あのふたりは、ビルの近くから、ビル内の警備システムをハッキングし、何も起こっていないように偽装する役目だった。今回も警備システムに異常は出なかった。

逃走時間はじゅうぶんにある。

ビルから二ブロック離れたときだった。

「鬼山、いまから指示する場所へ行ってくれ」太陽がいった。

「……わかりました」鬼山が答えた。

ぼくと太陽は後部座席にいた。ふたりのあいだには、金の詰まったボストンバッグが置かれている。

ぼくは考えていた。太陽は、ぼくとどこへ行こうというのか？

これまでにはなかったことだ。いつもなら、仕事が済めば、隠れ家に行って金をわける。いったい、何をするつもりなのか？


太陽が鬼山に指示して向かった先は、工場の並んでいるとおりにある一軒家だった。あたりに住宅はなさそうだった。薄暗い街灯が寂しくとおりに並んでいるだけだ。

「俺と錠二は、ここで少し話をする。お前は先に隠れ家に行っておいてくれ」

「金はどうしますか？」車を停車させ、運転席に座っている鬼山が振り返った。

「先にお前らで、わけてくれ。俺の分と錠二の分は、隠れ家に置いておけばいい」太陽がいった。

鬼山が頷いた。

ぼくと太陽はSUVをおりた。鬼山の乗った車が暗がりのなかを走り去っていく。

「あいつを信用するのか？」ぼくは太陽に訊いた。

太陽は、振り返り、ぼくを暗い瞳で見つめた。

「ああ、信用する。仲間だからな」

〝仲間〟という言葉を妙に強調して太陽はいった。

さあ、行くぞ、と太陽は声をかけ、玄関に向かって歩いた。ドアの前まで来ると、太陽はポケットに手を突っこんで鍵をとりだした。それをドアに差しこむ。慣れた様子で玄関に入ると、壁のスイッチを入れた。

いったい、この家は何なのだろうか、と思った。太陽の家ではないはずだ。だが、来慣れた様子がある。彼は住まいを転々とする男だが、たいていはマンションに住んでいる。建売住宅のような、素っ気なく、誰にでも好かれるがけっして愛着を持たれないような家だった。細長く奥に続いている。ぼくは太陽のあとを歩いた。途中で左手に二階に繋がる階段があった。太陽はそこをとおり過ぎた。突きあたりはキッチンだった。殺風景なキッチンで、使われている様子はない。建物自体は古かったが、綺麗に片づけられている。というよりも、ものがほとんどなかった。

太陽の様子がいつもと違っていることが気になった。いままで見たことのない雰囲気を纏《まと》っている。

キッチンの横の暗い部屋に入り、太陽が灯りをつけると、そこはダイニングルームのようだった。合板のテーブルが真ん中に置かれ、それにはマッチしていない不揃いの木の椅子が二脚、間に合わせのように向かい合わせに置いてある。太陽が用意したものかもしれなかった。

「そこに座ってくれ」

ぼくが座ると、太陽がぼくの正面に腰をおろした。太陽のうしろには紺色の遮光カーテンが掛けられている。カーテンには流れ星の絵が描かれてあった。

「ここで何をするんだ？」

太陽はぼくをじっと見つめて答えなかった。

ぼくは太陽の雰囲気に戸惑っていた。

彼が何をいいだすのかわからなかったからだ。

ここに来てからの太陽の口調は、一言一言《ひとことひとこと》に重みがあり、ぼくは圧迫感を感じていた。

ひょっとして、このチームを解散しようというのだろうか？　またふたりだけでやっていこうというなら大賛成だったが、それは期待しないようにした。期待すれば裏切られる。期待しなければ裏切られることもない。

「きょうはいい日だったな。結局、〝ジャッカル〟も出なかったし」

ぼくは話題を振ってみた。しかし、太陽は眉ひとつ動かさず、ぼくを見ているだけだった。彼の足先だけが小刻みに揺れているのを感じた。テーブルが微《かす》かに揺れていたからだ。

〝ジャッカル〟というのは、最近出没するようになった男のことだ。ぼくたちのような窃盗グループが仕事をしたあとに獲物を横取りする男だった。どうやって情報を摑んでいるのかわからなかったが、そいつは武装していて、狙われた者たちは従うしかなかった。このあいだも知り合いのグループがやられた。次はお前たちが狙われるかもしれない、と忠告され、ぼくは拳銃を準備していたのだった。

「お前は、俺たちのチームのことをどう思う」太陽が静かに尋ねた。

「どう思うかって？　いいチームだと思うけど」

太陽は軽く頷いた。

「そうだな。確かに、いいチームだ。仕事はいつも完璧だ。俺は自分でつくりあげた、このチームに誇りを持っている」

話の行方がわからなかった。ぼくは黙って話の続きを待った。

「だが、この完璧なものに罅《ひび》が入ったかもしれない」ぼくを見ながら、太陽はいった。

「罅？」

太陽はジャケットのポケットに手を入れると、そこから何かをとりだしてテーブルに置いた。テーブルに置かれるときに、かちり、と固い音がした。手を離すと、そこには拳銃があった。スミス&ウェッソンのリボルバーだ。銃身は短く、掌《てのひら》に収まるほどの大きさのものだ。

これまで太陽が銃を持っていたことはなかったから、ぼくは動揺した。太陽もジャッカルに対抗しようとして銃を用意したのだろうか？　それにしても、この雰囲気は妙だった。どうして銃をとりだしたのか？

太陽が指で、滑らせるようにして拳銃を回転させはじめた。神経質な動作だ。リラックスした様子と緊張した挙動が混在するのがこの男の常だったから、ぼくはただ黙ってそれを眺めていた。

ぴたりと、指が止まって、銃口がぼくを向いた。

「チームの罅はお前だ」

一瞬、間《ま》があいたあとで、ぼくは聞き返した。

「ぼくが罅……。それは、どういう意味だ？」

太陽は素早く拳銃を掴むと、ぼくに向けた。

彼の目は恐ろしいほどに冷たかった。

「文字どおりの意味だ。お前が俺の組織をばらばらにしかねない存在だということだ」

ぼくは、太陽の目をまっすぐに見返した。

彼の目は、まるでヘビやトカゲのような爬虫類《はちゅうるい》のそれを思わせた。ぼくは一心にその瞳のなかに光を探した。ぼくを照らしてくれる光だ。ぼくをこの世界から探しだし、照らしてくれた、あの暖かい光だ。しかし、茶色がかった瞳のなかに、その光は見いだせなかった。極寒の地に降り注ぐ月光のように冷たいままだった。

——あり得ない。

このときのぼくの気持ちは誰にも想像できないだろう。自分が一番信頼し、また尊敬している人間から、いきなり銃を向けられているのだ。

太陽がぼくに銃を向けるなんて、あってはならないことだった。ぼくはここ数年間、太陽の信頼を勝ち得るために生きてきたようなものだ。太陽のためだったら、なんだってできる。

そう。死ぬことだってできると思っていたのだ。

そんなぼくに銃を向けるなんて——。

「ぼくを殺すつもりなのか？」

太陽は答えなかった。

だが、緊張した身体から漂う雰囲気が、肯定の意をはっきりと伝えていた。

「どうしてなんだ？　理由を聞かせてくれ」ぼくは尋ねた。

太陽はぼくを見据えた。

「これはチームのためだ。お前はチームのルールを破った。金庫を開けるとき、お前は、俺たちに渡す前に金を盗っている」

一瞬、太陽が何をいっているのか意味がわからなかった。ぼくが金を盗っているって？

ぼくは声を出して笑った。

「何いってるんだ。ぼくがそんなことするはずないだろ。きょう、君も近くで見ていたじゃないか」

「きょうは盗ってないな。だが普段はお前ひとりで金庫を開ける。そのときに盗っていただろ」

それで、きょう太陽は、ぼくが金庫を開けるときにそばにいたのか。これまでそんなことはなかったので不思議に思っていた。太陽は、ぼくが金を横取りするか確認していたのだ。

「盗ってないっていってるだろ。いつもいってるじゃないか、ぼくは金が目的でこんなことをしてるんじゃないって」

静かな部屋に、ぼくの声が響いたが、太陽の表情が揺らぐことはなかった。その顔を受けて、ぼくの表情も次第に硬くなっていった。

ぼくは落ちついた口調に切り替えて尋ねた。

「君は、ほんとうに、ぼくがそんなことをしていると思ってるのか？」

「俺がどう思ってるかは問題じゃない。仲間がそういっていることが問題なんだ」

そうじゃない、とぼくは思った。太陽がどう思っているかが問題なんだ。ほかの誰にどう思われようともぼくは構わない。世界中の人々から非難されたっていい。たったひとり、太陽だけが信じてくれればよかった。

燃え盛るような激情がぼくの胸に湧きあがったが、ぼくは冷静に尋ねた。

「仲間って誰だ？」

「残りの三人、全員だ」

鬼山だ、と思った。あいつがほかのメンバーを唆《そそのか》して、あるいは脅して従わせたのだ。それしか考えられない。いかにもあいつのやりそうなことだった。あいつはぼくを嫌っている。ぼくを排除してチームのナンバー2の座を狙っているのかもしれなかった。

「何か証拠でもあるのか？」

「三人とも見たことがある、といっている」

「動画にでも収めてあるのか？」

「いや、それはない。だが、この場合、証言だけでじゅうぶんだ」

「じゅうぶん？　ぼくのいい分は聞かないのか？」

太陽は首を振った。

「俺は、このチームを存続したい。この仕事がどれだけ危険なものか、わかっているだろう。些細なことが命取りになる。五人のチームのうち三人がお前を疑っている。こんな状態では仕事はできない」

「それで、ぼくを殺すっていうのか？　極端な話だな」

ぼくはいったが、太陽が極端な男であることはよく知っていた。白か黒か。有か無か。生か死か。太陽が完璧さを求めるあまり極端な行動に出る場面をこれまでに何度も見てきた。

それよりも、ぼくは、太陽がぼくよりも三人をとったことが許せなかった。

――どうして、ぼくじゃないんだ。

ぼくは努めて冷静な声を出した。

「君のチームに金庫破りは必要じゃないのか?」

「また誰かを探す。チームを裏切らない人間を、な」

「それじゃあ、どうして、さっさと撃たないんだ。この部屋に入るまでに撃つ機会はいくらでもあっただろう」

太陽は銃口をぼくに向けたまま、いった。

「俺はフェアにしたいだけだ。理由もわからずに死ぬのはいやだろう」

「……わかった。じゃあ、撃てよ」

ぼくはきつく目を瞑《つむ》った。この世界を閉じるように。

もうどうでもいい、と思った。家族を失い、愛する人間からも見捨てられようとしている。もはや生きている意味はないと思った。

7

どうして逃げたのだろう?

生存本能だろうか。

銃声が聞こえ、それが外れたとわかったとき、ぼくは駆けだしていた。

銃弾は、ぼくの耳を掠《かす》めていた。太陽が動揺して外したのではなかった。この家が揺れたのだ。地震だった。太陽が発射する寸前、この家が揺れて、銃弾がわずかに逸《そ》れたのだった。震度がどのくらいだったかはわからない。揺れていた時間は、おそらく二、三秒だっただろう。

この偶然について考える時間はなかった。このことについて考えるのはずいぶんあとになってからのことだ。もしもこうなっていたら、とあとから振り返ることはできるが、その渦中にいるあいだは考えることはできない。

部屋を出ると、廊下を走った。なかほどまで来たとき、太陽が廊下に出てきたのがわかった。ぼくはそばにあった階段を駆けのぼった。

二階に行ったところで逃げ場はないとわかっていたが、あのまま廊下を玄関まで走っていたら、間違いなく背中を撃たれていただろう。

階段は真ん中で踊り場があり、向きが変わる構造になっていた。必死に階段を駆けのぼる。太陽の前で目を瞑ったときには、死ぬ覚悟でいたのに、いまは生きようとしている。生きたところで、もはや誰にも必要とされていないことはわかっているのに……。

階段をのぼった先にドアが見えた。ドアを開けてなかに入る。その部屋も一階と同じく殺風景だった。家具はない。引っ越ししてきた直後の部屋のようだ。カーテンも掛けられてなく、窓から工場街の寂しい光景が見えるばかりだった。

階段から、太陽が駆けのぼってくる音が聞こえた。

ぼくはカーテンレールを摑むと、それを壁から剝ぎとった。

直後だった。

太陽が部屋に飛びこんできた。ぼくは背中に太陽の気配を感じ、振り向きざまに、カーテンレールを横なぎに振った。カーテンレールが太陽の手にあたったのと、太陽が発砲したのは、ほぼ同時だった。

部屋に銃声が響いたが、弾はぼくにはあたらなかった。弾がどこにあたったのかはわからない。部屋の隅に拳銃が転がっているのが見えて、硝煙《しょうえん》の匂いがした。

ぼくと太陽は対峙した。太陽がぼくを見つめている。ちらとその目が壁際の拳銃に向けられるのがわかった。太陽はそれをとるタイミングを計っているのだ。

あれをとられたら、ぼくの世界は終わる。

カーテンレールで太陽を殴りつけて逃げだそうかと思ったとき、ぼくは自分が拳銃を持っていることを思いだした。普段は持たないものだっただけに、その存在をすっかり忘れてしまっていたのだった。あの時計屋からもらったトカレフのコピーだ。

カーテンレールを横に落とし、素早く背中に手を伸ばすと、ベルトに挟んでいた、オートマティックの拳銃の銃把《じゅうは》を掴んだ。それを太陽に向ける。

太陽が驚いた顔をした。

「そんなものを持っていたのか?」

「君を殺すために持っていたわけじゃない」

太陽がぼくをじっと見つめる。

ここから脱するためには太陽を撃つ以外に道はないことはわかっていた。しかし、太陽は、ぼくにとっては特別な存在だった。ぼくに道を示し、導いてくれた人だ。それだけじゃない。太陽は、いまのぼくの人生で一番大切な人間だったのだ。

撃ちたくはなかった。

だが、こうするしかなかった。ぼくが撃たなければ、太陽が銃を拾ってぼくを撃つことは間違いない。実際に太陽は、さっきは引き金を引いたのだ。あの地震の揺れがなければ、ぼくは確実に死んでいた。

太陽は、ぼくが持つ拳銃を見て、覚悟を決めたようだった。全身の力を抜き、ぼくに身体をまっすぐに向けた。

こういう判断の早い男だった。自分ができる範囲のことは異常なくらい力を尽くすくせに、いったん自分の力が及ばないとわかると、それを即座に潔く受け入れる。

太陽は壁際に落ちた拳銃をとって撃たれるよりも、ここでこのまま撃たれる道を選んだのだ。ぼくを正面から見据える。

彼の茶色がかった瞳に、ぼくは一瞬立ちすくんだ。

——もう引き返せない。

ふたりの関係は完全に変わってしまっていた。太陽はチームを選んだのだ。ぼくは裏切られたのだ……。

銃口を太陽の額に向けた。

「最後にこれだけはいっておく」ぼくはいった。

死にゆく者にいまさら弁解しても意味はないと思ったが、これだけはいわずにいられなかった。真実をわかってほしかった。

「ぼくは、ほんとうに仲間の金は盗っていない。君に信じられなかったのが残念だ」

ぼくはこれまでのふたりの関係を握りつぶすようにして引き金を引いた。

刹那《せつな》、右手に強い反動を覚え、弾が飛んでいくのが、まるでスローモーションの映像のように見えた。全集中がぼくの指先に宿り、極度に張り詰めた知覚が、銃砲から放たれた弾丸をぼくに見せていた。

これは幻覚なのだろうか？　ぼくにはわからなかった。

スローモーションの映像は続き、ボトルネック型のトカレフの弾丸が、吸いこまれるように太陽の額に入っていくのが見えた。太陽の額の皮膚がまるで液体であるかのように、皺《しわ》の波紋をつくるのさえ見えた。そこから血が噴きだし、太陽がうしろに倒れるのも見た――。

第二章

BAKER 1

思わず、目を瞑っていた。いつからそうしていたのかはわからない。

ふいに、前から声が聞こえた。

「ジャムったな」

——え?

目を開けると、そこには額に銃弾の痕《あと》がない太陽がいた。血も流れていなかった。

僕は目の前の光景が信じられない思いで、目を瞠《みは》った。

——太陽は生きている?

〝ジャムる〟とは拳銃で弾が詰まったときに使われる言葉だ。

自衛隊時代には一度もなったことがなかった。改造のオートマティック拳銃ではよくある、ということは聞いたことがあったが、これがそうなのか……。

呆然《ぼうぜん》と、傷のない太陽の顔を見つめた。

――いったい、僕が見た、〝あれ〟は何だったのか？　ただの幻だったのか？　僕はいつから目を瞑っていたのだろう。

太陽も呆然としていた。〝ジャムった〟と冷静にいってのけたが、彼もやはり強烈な動揺をきたしているのだった。

もしも、この拳銃が正常に作動していたなら、太陽の世界は完全に閉じてしまっていたはずだ。そのことに動揺しているのかもしれなかった。

僕は拳銃を持った右手を横におろした。手が震えていた。いまさらながらに、恐ろしいことをしようとしていた、と思った。

太陽を撃ち殺そうとしていたなんて……。

ついさきほどまで、自分がしようとしていたことが信じられなかった。ほんとうに、これが自分の意思によってなされたことなのか。

自分の意思……。どうだろうか？　一度は死を覚悟したが、地震という偶然によって命拾いし、それから無我夢中で逃げた。そして、拳銃で太陽を殺そうとした。殺さなければ殺されると思ったからだ。実際、そのとおりだったろう。僕が拳銃を撃たなければ、逆に太陽に撃たれていたはずだ。

太陽は呆然としたまま動く気配がなかった。彼の顔から殺気はまったく感じられなかった。

僕は太陽を見ながら、自分の胸に、強烈に太陽がこの世界にいてくれてよかったという思いが膨れあがるのを感じた。

気づくと、僕は太陽に抱きついていた。

太陽は虚を突かれ、最初は身体が緊張していたが、僕が太陽の肩に顔を伏せ、泣きだすと、彼の硬直した身体から力が抜けていくのがわかった。それは、まるで、ふたりのあいだの大きな氷が解けていくかのようだった。

太陽が、ゆっくりと僕の身体を離した。

「すまない」僕はいった。

太陽が僕をじっと見て、

「謝るのは俺のほうだ。お前はほんとうに金を盗ってないんだな」

僕は頷いた。

「仲間の金は盗らない」

「つまり、俺は騙《だま》されていたってわけか」そこで太陽は軽く笑った。それから笑顔を消して、

「それじゃあ、ほかの仲間たちは、全員でお前を陥《おとしい》れようとしたのか?」

「そういうことになるな」

「どうして、そうなったんだ?」

僕は首を振った。

「さあな。とくに僕が嫌われてたって感じはないけどな。おそらくは僕が邪魔になった者がいて、

僕の評価をさげたかったんだろう」

僕はドライバーの鬼山のことを思い浮かべながら話していた。

「すまない」

もう一度、太陽がいった。

「もういいよ。僕だって君を殺そうとしたんだ」

ふたりは顔を見合わせて笑った。さっきまで互いを殺そうとしていたことが嘘のようだった。この奇蹟をふたりで笑いとばしたかった。笑い合えることの素晴らしさを嚙みしめていた。身体のあちこちに格闘の痛みがあったが、それさえも愛おしく感じた。死んでいれば痛みもない。もしも、あのとき、拳銃が〝ジャム〟っていなければ、太陽とこうして話すことはできなかっただろう。

そう考えると、不思議な気がした。あの時計屋の主人は、この拳銃は撃てるときは撃てるし、撃てないときは撃てない、といった。今回は、たまたま撃てなかっただけだ。ほんの些細な偶然の結果によって、この瞬間が成立しているに過ぎない。

ふたりは、壁に背をつけて並んで座った。

「あれは嘘だな」太陽が前を向いたままいった。

「あれって何だ?」

「死ぬ前に、走馬灯のように人生のハイライトが見られるってやつ」

僕は顔を顰《しか》めて太陽を見た。

「どうしてそう思うんだ。君は死ななかっただろ」

「そうなんだけどな。……あのとき、銃が正常に作動してたら、弾丸は俺の額を撃ち抜いていたはずだ。そうしたら即死だよな。そんなもの見る暇がないじゃないか」

僕は笑った。もう少しで死ぬところだったのに、そんなことを考える太陽がおかしかったのだ。

「どうだろうな」僕はいった。「一瞬でそれだけのものが見られるのかもしれない」

「そうかな……」

「僕は、自分が死ぬ前は人生で一番楽しかった場面を見たいな。その光景を見ながら、世界からフェードアウトするんだ」

僕は半ば本気でそういった。死ぬ前に何を見るかなんて、これまで考えたこともなかったが、死が身近に感じられたこのときは、ひどく切実なことのように感じていた。

今度は、太陽が僕を見て笑った。

「それもいいかもしれないな」

しばらく、ふたりは黙って壁に背をつけていた。背中にひんやりとした冷たさが伝わってくる。工場が立ち並ぶこのあたりは、静かな場所だった。どこか遠くで救急車のサイレンの音が響いていた。

「太陽！」僕は急にあることを思い、太陽に顔を向けた。

それは突然、僕の頭に浮かんだことだった。いや、それは、以前からもずっと頭にあったものだったのかもしれない。しかし、このときまでは、このような明晰な形を持って僕の頭に浮上したことはなかった。

「何だ?」太陽が驚いた顔で僕を見た。

僕は太陽の目をまっすぐに見た。

「足を洗おう」

「なんだって?」

「盗みをやめるんだよ。僕はもう少しで君を殺すところだった。それは君だって同じだろ。あのとき、地震が起きなかったら、僕は死んでいた。この偶然には意味があると思うんだ。もし人生をやり直すときがあるとすれば、いましかない」

太陽が目を見開いて、僕を見つめた。

「やり直すって……お前は自衛隊に戻るつもりなのか?」

「そうじゃない。太陽の夢のほうだよ。太陽はもう一度パン屋をやりたかったんだろう。それをするチャンスだと思うんだ」

「お前は何をするんだ?」

「僕もパン屋を手伝う。ふたりでパン屋をやろう」

とにかく僕は別の生き方をしたかった。せっかく生き残ったこの命で別の可能性に賭けてみたかった。それが八百屋だろうが、床屋だろうが、なんだって構わなかった。この歳になって目指せるものにかぎりがあることはわかっている。なりたくてもなれないか、あるいは、かなりの時間を要するものもあるだろう。

だけどパン屋なら——といって、何も簡単にパン職人になれるとは思っていなかったが、かつて太陽がしていたことなら、できるかもしれないと思ったのだった。太陽がもう一度パン職人になりたいことを僕は知っている。それを僕は支えたいと思った。そうすれば、僕はずっと太陽と一緒にいられる。

悪人から盗みをするような生き方を長く続けられないことはわかっていた。いつか悲惨な結果に辿り着くはずだ。

「お前、パンづくりに興味があったのか？」

「いや、とくにはない」

「だったら、どうして？」

「僕は君と仕事がしたいんだ。太陽はパン屋に戻りたかったんだろ。ほかの仲間は必要ない。あいつらが先に裏切ったんだ。僕たちが生き残ったのには何か意味があると思うんだ。そう思わないか？　これは違う生き方をしろって、神の啓示なんだよ。いま変わらなかったら、もう君がパン屋に戻る機会は永遠になくなってしまう」

太陽は僕をぼんやりとした視線で見た。

「ほかの生き方か……」

「それをするチャンスなんだ。あのとき死んでたら、ここでこうして話をすることもできない」

太陽はただ黙って僕を見つめるだけだった。

俺の手にはまだ発砲の衝撃が残っていた。手の震えが収まらなかった。

――俺はなんてことをしたんだ……。

目の前の床に、額にどす黒い穴を開けた太陽が顔を横にして倒れていた。すでに血は流れていなかったが、血が流れたあとが太陽の顔に残っていた。その筋は顔を流れ落ちて床に達し、太陽の頭の下にある床に血だまりをつくっていた。

俺は、呆然とその光景を見つめた。

もうもとに戻すことはできない。やってしまったのだ。この世界で一番大切だと思っていた人を撃ち殺してしまったのだ。

だが……悪いのは太陽だ。太陽が俺を疑い、殺そうとしなければこんなことにはならなかった……。

「くそっ!」

壁を殴りつけた。

どうして、俺を殺そうなんて思ったのか……。

恐ろしいほどに黒々とした血だまりを見つめながら、俺は沸々と怒りがこみあげるのを感じた。

――鬼山め……。

原因はあいつに違いなかった。あいつが仲間を唆し、俺が仲間の金を盗んだと思わせたのだ。

もともと俺とは相性がよくない奴ではあったが……。

あいつはこのチーム内での存在感を示したかったのか。

太陽がまさか俺を殺そうとするとまでは思っていなかったのかもしれない。普通はそうだろう。

だが、太陽は違う。あいつは自分の大切なものを守るためだったら、非情になることができる。

彼は、自分の愛するものを守るためには、何かを犠牲にしなければならないことを知っている。

そのふたつを天秤にかけ、重くないほうを迷わず切り捨てるのだ。

今回、切り捨てられたのが俺だったというわけだ。

だが、俺は太陽を恨んではいなかった。そんな太陽を利用した鬼山が許せなかった。


チームの隠れ家に俺がひとりで現れたとき、メンバーたちは驚いているように見えた。そこは古びたアパートの二階の角部屋だ。

「お疲れ様です……」

最初に俺に声をかけてきたのは、警備破りの島袋瞳だった。彼女は俺を見たとき、一瞬驚いた顔をしたが、そこには、どこか、ほっとした感情があるようにも見えた。

鬼山は口を半開きにして、啞然とした顔で俺を見ていた。ハッカーのトマリはいつもと同じようにノートパソコンを開き、ゲームをしていた。

三人は、ひとつのテーブルを囲むようにして、床に直に座っていた。テーブルの上には、それぞれの前にペットボトルがあり、真ん中に広げたスナック菓子が二種類置かれていた。テーブルの横にコンビニのロゴの入った白いビニール袋がある。俺たちのチームは、仕事が終わると、隠れ家に集まって簡単な反省会と祝宴をおこなうのが決まりだった。

豪華な祝宴はあげない。太陽の指示だ。それをすると、それが目的で仕事をするようなことになりかねないからだ。だから、仕事が終わったあとは、簡素な食事で、アルコール抜きの反省会を開く。それは形式的なものではなくて、仕事を細かく振り返り、どうすべきだったかを本気で考える集まりだ。

俺たちは遊び半分で盗みをしているのではない。

俺は玄関で靴を脱いで、なかに入った。まだ鬼山は驚いた表情で俺を見ていた。俺のうしろにちらちら目をやるのは、太陽を捜しているのだろう。

「ボスは、どこにいるんですか?」瞳が訊いてきた。

その口調から、俺は、この女は裏切っていなかったのだろうかと思った。だが、裏切っていて、何も知らない演技をしている可能性もある。

俺は、三人の前に立って、彼らを見おろした。トマリは、さがっていた眼鏡を指であげ、瞬《まばた》きしながら俺を見た。

「ボスは、俺が殺した」

俺は、鬼山を睨みつけながら、いった。

部屋の空気が固まった。皆が硬直して俺を見ていた。トマリの前に置かれたノートパソコンのファンがまわる音だけが微かに聞こえていた。

最初に口を開いたのは、鬼山だった。

「ボスを殺したって、どういう意味ですか？」

「そのままの意味だ。こいつで」腰に挟んでいた拳銃をとりだして見せる。「撃ったんだ」

瞳が、怯《おび》えた顔で拳銃を凝視した。

俺は続けた。

「あいつが俺を疑ったからだ。俺がチームの金を盗んだとな。おそらく誰かに嘘を吹きこまれたんだろう。あいつはまっすぐな奴だからな。それで俺を殺そうとした。だから、あいつを殺したんだ」

それから、俺は皆を見まわした。

「……さてと」

一人ひとりに銃を向ける。

「誰が、太陽に俺がチームの金を盗んだといったんだ？」

三人が怯えているのが肌で感じられた。

トマリの顔に銃を向ける。

「お前か？」

トマリが小刻みにぶるぶると首を振った。眼鏡が鼻からずり落ちる。

「じゃあ、瞳か」俺は瞳に銃を向けた。

瞳はすっかり血の気の引いた顔で固まっていた。数秒、瞳の顔に銃を向け続けたあと、最後に銃口を鬼山に移した。

「それじゃあ、お前か」

鬼山は俺を睨みつけるような目をしていた。その頬は痙攣《けいれん》しているように小刻みに動いている。

両手で銃を支えて、撃つ格好をすると、

「お、俺じゃありません」とぶるぶると顔を振った。

俺は銃をおろした。

鬼山の目を見ながら話す。

「まあ、いい。きょうのところは許してやろう。だが、これが最後だ。いまからは俺がこのチームのボスだ。もし、今度おかしな真似をしたら、二度目はない。太陽と同じように殺す」

銃を背中のベルトに差した。

「金をわけるぞ。きょうの反省会は終わりだ。いまの話でじゅうぶんだろ」

BAKER 2

返事は少し待ってほしい、と太陽にいわれた。太陽は、これまで完璧な盗みのチームをつくることに全精力を傾けていた。それを突然パン屋に方向転換させようというのだ。戸惑うのも無理はなかった。

だが僕は、これは正しい道だと信じていた。太陽にもう一度、違う形で情熱を傾けられる何かをさせたかった。この偶然を意味があるものにしたかった。

あのときは一時間ぐらいその部屋で話し続けただろうか。ふたりは別れ、それぞれ帰途についた。

家に帰ると、僕はさっそく準備をはじめた。まずは、スマートフォンを買い替え、太陽にだけ新しい番号を知らせた。ほかのメンバーからの連絡を断つためだ。

次の日には、マンションも引っ越した。業者を雇って半日で済ませた。引っ越した先は、近くのアパートだった。場所はどこでもよかった。とにかく場所を変えられればよかったのだ。

僕の住んでいた場所を知っているメンバーは島袋瞳しかいなかった。彼女は何度かうちに来たことがある。つき合っているとまではいかなかったが、何度か寝たことがあった。その関係も解消すると決めた。彼女は裏切ったのだ。それは鬼山に脅されたせいなのかもしれなかったが、そうであったとしてもけっして許されることではない。僕は、あと少しで死ぬところだったのだ。


三日後に太陽から連絡があった。

お前のいうとおりにしよう、と。

僕は歓喜した。新しくこの世界に誕生したような気分になっていた。二十八歳のいま、新しい僕がこの世界に生まれたのだ。

「やるからには完璧にしよう」と太陽は電話でいった。

太陽らしいと思った。

僕は二度目の人生に悔いを残したくなかった。自衛隊時代は常に誰かの命令に従って生きていたが、いま命令を出しているのは自分自身だ。僕は自分に命令を出し、それを忠実に遂行しようとしていたのだった。

太陽は、チームのプール金を持っている。万が一、仕事ができなくなったときのために毎回の仕事で残していた金だ。どれぐらいあるかは知らなかったが、あれを開業資金にあてることができる、と僕は考えていた。

「一億円だ」

僕の部屋で、ふたりでパン屋の開業についてはじめて話したとき、太陽がいった。

「一億……そんなにもあるのか?」

「毎回、一割プールしていたからな。一億円に達してからのプール金はすべて寄付にまわしていた」

「一億円ならパン屋を開業するにはじゅうぶんだな」

太陽は首を振った。

「商売をするのはそんなに簡単なことじゃない。俺は二度目だからよく知っている。確かにこの金を使えば店舗を新しく建てることもできるだろう。だが、そうしたら店はかならず失敗する。安易に手にした金では成功しない」

「安易じゃないだろ。僕たちが悪人から苦労して盗んだ金だ」

太陽は首を振った。

「たとえ悪人からだろうが、まっとうな金じゃない。商売をするには、まっとうな金がいるんだ」

「まっとうな金って、何だ?」

「金を借りるんだよ。まっとうなところからな。たとえば、銀行や、日本政策金融公庫。そういうところに事業計画書を提出して、向こうが成功すると思ったら金を貸してくれる。計画は、第三者の目で見てもらうことが必要なんだ。自分たちでは自分のことは見えているようで見えていない。もし、自分の計画が他人に伝わるようなものでないならば、それは市場にも伝わらない」

「……簡単に借りられるのか?」

「簡単じゃないさ。だからこそ意味があるんだ。そこで認められても商売が成功する保証はない。それだけ商売は難しいんだ。だから、安易にいまある金で商売をはじめたら失敗するのは目に見えている」

僕は生唾を飲みこんだ。

パン屋なんて、そんなに難しい仕事だとは思ってもみなかった。どこの街にでもある、長閑《のどか》な商売だと思っていた。早起きしたり、儲けが少なかったり、そういった苦労は予想していたが、はじめるのが困難だとはまったく考えていなかった。

「コンセプトを考える必要がある」太陽はいった。

「コンセプトって?」

「簡単にいえば、違いだよ。ほかの店にはない、店のウリ、といったらいいかな。この店でなければ出せないものを考える必要があるんだ」

「すべての店にそういうものがあるのか？」僕は初心者丸出しの質問をすることに気恥ずかしさを覚えながら尋ねた。

太陽は頷いた。

「どの店にもそういうものはある。もちろん似たり寄ったりのものもあるし、長年経営していくうちに見つかることもある。だけど、繁盛している店には最初から確固としたコンセプトがあるものだ。それを最初から情熱をこめて打ちださなければならないんだ。それでも成功するとはかぎらない。運が悪ければ成功しない」

どの商売でも同じだけどな、と太陽は付け加えた。

BOSS 2

俺は制裁の代わりに、このチームを存続させることを選んだ。

裏切ったのはおそらく鬼山で、ほかのふたりが同調したのは間違いない。だが、あいつらに制裁を加えたところで、どうなる？　俺には何も残りはしない。それに、もう人を殺すのはたくさんだった。太陽にしても、殺したくて殺したわけじゃない。殺さなければ殺されるからそうしたまでだ。俺は自分でそんな人間じゃない、と思いたかった。怒りに任せて人を殺すような人間ではない、と。

太陽の遺体は、現場の痕跡をすべて消し、車のトランクに入れて東京のはずれの奥多摩《おくたま》まで運んで山のなかに埋めた。途中で警察に停められてトランクを開けられるような事態になったらどうしよう、と思ったが、そういうことにはならなかった。自宅に帰ったときには、すでに朝陽がのぼっていて、くたくたになっていた。

一晩中起きていたのに、なかなか寝つけなかった。太陽のことばかりを思いだす。彼と過ごした日々――一緒に計画を立て、多くの悪人から金を奪ってきた。そのなかで互いを知り、信頼を築いてきた。

――それなのに……。

どれだけ、彼の存在が自分のなかで大きかったのかをあらためて知った。その彼を俺は殺してしまったのだ。

しかし、起こってしまったことは、もうもとには戻せない。俺は新しい生き方をするしかなかった。

新しく生きるなら、太陽の遺志を継ぎたかった。彼は、完璧なチームを望んでいた。

今度は俺がボスになり、チームを完璧にする。メンバーはひとり減ってしまったが、なんとかなる。自分に太陽ほどのカリスマ性とリーダーシップがないことはわかっている。だが、どうしてもやりとおしたかった。太陽が目指したことを完遂したかったのだ。

彼に――太陽になろうと、俺は思ったのだった。

俺には、ほかに居場所はない。

翌日の昼過ぎのことだ。結局、一睡もせずに夜を過ごしていて、少し寝ておこうかと思ったときだった。

玄関のチャイムが鳴った。

訪問販売だろうと思って無視していると、スマートフォンがバイブレーションして、一通のメールが届いた。瞳からだった。

〈部屋にいるんでしょ。開けて〉

ソファーからのろのろと立ちあがって玄関に向かった。ドアを開けると、髪をアップにした瞳がいた。

「何の用だ」開けたドアのノブを持ったまま俺は尋ねた。

「きのうのことを話したいの」

「じゃあ、話せ」

「ここでは話せない」

マンションの外で人が歩いているのが見えた。ここで立ち話を続けるのは危険だった。

「……いいだろう。なかに入れ」

瞳が靴を脱いでなかに入った。慣れた様子で居間に向かって歩いていく。瞳は何度もこの部屋を訪れていた。チームのなかで唯一この部屋に入ったことのある人間だった。太陽もここへは来たことがない。

俺はキッチンへ行って、コーヒーメーカーでコーヒーを淹《い》れた。まだ頭がぼんやりとしていた。きのう自分がしたことが夢のなかの出来事だったようにも思える。太陽が生きていてくれれば、という思いが心の奥に残って消えなかった。

じっとコーヒーメーカーを見つめた。じわじわとフィルターが濡れていき、逆さの円錐形の先端から褐色の雫が滴っていく。

コーヒーを飲んだからといって、目が覚めるわけではなかった。俺が嵌ってしまったこの悪夢からは逃れることはできない。一生、この悪夢のなかで生き続けるしかないのだ。


二杯のコーヒーを持って、リビングのテーブルに置いた。瞳はいつもここに来たときと同じようにソファーの右隅に座り、窓の向こうを見ていた。ここからはレインボーブリッジが見渡せる。

俺は窓際へ歩いていって、カーテンを閉めた。振り返って、瞳を見る。

「で、話って何だ?」

「わかってるでしょ。きのうのことよ」

「お前も、俺が金を盗んだといったのか?」

「いうわけないでしょ!」瞳は大声でいった。

「だが、太陽はメンバーの全員が、俺が金を盗んだと証言したといった」

「わたしはいってない!」

瞳は、俺に訴えるような眼差しを向けながら、

「鬼山さんがボスに話したのよ。わたしが、あなたが金を盗るところを見たって。鬼山さんは自分とトマリ君も見たことがあるって話した……」後悔が滲《にじ》んでいるのか、最後の言葉は萎んでいた。

「太陽は、君に確認しなかったのか？」

「しなかったわ」

神経質な太陽らしくないと思った。彼は慎重の上にも慎重を期すタイプの男だ。

「忙しかったんじゃない」瞳がコーヒーカップを持ちあげて、口をつけた。

「忙しかった？　そうかな」

確かに仕事が連続していた時期だったが、そんなに忙しいようには見えなかったが。

「知らないの？」瞳が俺に目をやった。「ボスは、ほかのグループを粛清していたのよ」

「粛清って……まさか、ジャッカルのことか？」

「そうよ。みんなが、〝ジャッカル〟って呼んでいることをしてたのよ。知らなかったの？」

——まさか、太陽がジャッカルだった？

「俺には何もいってなかった」

「錠二さんにいったら心配するからいわなかったのかもしれない。錠二さん、よく心配するでしょ。わたしはボスと錠二さんだけが知っているのかと思ってた」

「どうして、お前は知ったんだ？」

「わたしは偶然知ったの。ある夜に、ボスの車を見かけて、何しているのかと思ってつけたの」

「太陽の車をつけた？」

瞳が恥ずかしそうにこくんと頷く。

「ボスは、秘密主義のところがあるから、仕事をしていないときは何をしているのか気になって」

太陽が私生活について話すことは一切なかった。完全に仕事と私生活をわけていたのだ。一番付き合いの長い俺にさえあまり話さなかった。ただ、俺は太陽と一緒にふたりだけで仕事をする期間があったから、昔の彼のことを少しは知っていた。

偵察のとき、ふたりで長時間車で待つようなことがあると、いろいろ話したものだ。だが、現体制になってからは、まったく話さなくなった。太陽は、俺とほかのメンバーの区別をつけたくなかったのかもしれなかった。ある種のプロ意識なのだろう、と俺は考えていた。

「それで？」俺は瞳に話の続きを促した。

「そうしたら、彼が赤羽《あかばね》で車をコインパーキングに停めて、どこかに歩いていくのを見たの。真っ黒の服装で。気になったから、わたしは違う場所に車を停めて追いかけたの。少し離れたところだったから、もう見つからないかもと思ったけど、ボスは大きな家にすっと入っていった。何しているのかな、と思ったけど、怖くなって、それでその日は帰ったの。それから数日して、あの家に盗みに入ったチームがいて、ジャッカルに襲われたって聞いたから、ああ、ボスがジャッカルだったんだってわかったのよ」

これが事実だとしたら、太陽は、どうして、そんなことをしたのだろう、と思った。

悪人以外からものを盗む連中を許せなかったのだろうか？

そういえば、太陽との最初の出会いは、俺が盗みに入っていたときだった。そのあと太陽は、俺が悪人からしか盗まないことを確認していた。あのころも太陽はジャッカルをしていたのだろうか？

いまとなっては聞きだすこともできないが。

「……俺は知らなかった。だが、もう済んだことだ」

そう。済んだことなのだ。太陽が死んでしまったいま、事実がどうであれ、関係がない。何をしたところで太陽は帰ってこない。

「わかってるけど、わたしがボスに何も話していないことを錠二さんには知っておいてもらいたかったの」

俺は、自分が太陽を撃ったときのことを思いだした。撃つ前、俺は太陽に自分はチームの金を盗ってない、と最後の訴えをした。たとえどうにもならないことであっても、誰かに自分のほんとうの姿を知ってもらいたいというのは人間の本質的な欲求なのかもしれなかった。

俺が太陽のことを考えていると、瞳が俺に抱きついてきた。俺の胸に顔を押しつけて泣いていた。胸に、彼女の身体の熱と涙の冷たさを感じ、瞳の髪からふわりと香りがのぼった。

俺は瞳の両肩を摑むと、身体を離した。

瞳は、涙目で俺を見あげた。

「抱いて」掠れた声で彼女はいった。

俺は首を振った。

「いまはそんな気分じゃない」

瞳はじっと俺を見つめていた。潤んだ瞳が徐々に険しくなっていく。

「ボスのことが好きだったの？」

「どういう意味だ？」

「ボスのことを愛していたのか、聞いてるのよ」

俺は瞳の目をまっすぐに見た。

「あいつはリーダーとして優秀だった。これまで俺たちが警察に捕まらずにやってこられたのは、あいつのおかげだ」

「そういうことを聞いてるんじゃないわ。錠二さんは、太陽さんを愛していたんでしょ」

愛していた？

瞳が、どうして、こうも簡単に愛という言葉を使えるのかわからなかった。この女は、どういうものを愛と呼んでいるのだろう。そもそも愛が何なのか彼女は知っているというのか。

俺にはわからなかった。愛にしろ、憎しみにしろ、何もかも。自分の感情にそんなにはっきりとした名前はつけられなかった。そもそも俺は自分の感情を自分でも理解していない。当然、それを誰かに伝えられるはずがなかった。

「とにかくもう帰ってくれ」

俺はいった。

BAKER 3

僕は太陽に追いつこうと必死だった。到底追いつける差ではなかったが、その差をできるだけ詰めて、太陽に迷惑をかけないようにしたかった。

どんなものでもそうだが、外から見ているときにはその苦労は見えておらず、いざ自分でしようとなると、そこには多くの苦労があり、先人の智恵があり、理論があることを思い知ることになる。

太陽に、「まずは自分ひとりでパンをつくってみろ。そのあとで俺がパンのつくり方を教えてやる」といわれ、基本的なパンのつくり方を書いた紙を渡された。

太陽に指定された器具を買い揃えて、家でパンをつくる準備をした。スケールに、計量カップに温度計に発酵かごにオーブンシート、あとはパンの材料だ。

その日から、太陽のレシピを見ながら、ひとりでパンづくりをはじめた。

自分から、パン屋をしようといったにもかかわらず、僕は、いままで一度もパンを自分の手でつくったことはなかった。それどころか、料理すらほとんどしたことがない。いつもコンビニで買ったものを食べていた。自衛隊時代は、もっぱら食堂で済ませていた。

「何も知識がないことがメリットになることもある。まずは自分で下手なパンをつくってみろ。

そのあとでおいしいパンがつくれるようになったら、何が原因でおいしくなかったのかがわかる。それがお前の財産になる」と太陽は語った。

僕は最初からおいしいパンをつくりたかったが、大人しく太陽のいうとおりにした。太陽に渡されたレシピどおりにつくっていると、頭には疑問符が浮かびっぱなしだった。自分なりにこうだろうと思うやり方で進めるしかなかった。途中で、ＹｏｕＴｕｂｅや本で調べることも禁止されていた。

――自分で考えろ、ということか。

はじめて焼いたパンは、パンと呼ぶには不格好で、食べ物と呼ぶには味がなさすぎた。歯ごたえもよくない。焼けていないところや、焦げたところもあった。我ながら、こんなにまずいパンをつくったことに驚いていた。

毎日、こうすればいいのか、ああすればいいのか、と試行錯誤しながらパンを焼き続けた。焼いたパンはかならず食べるように指示されていたせいで、パンばかりを食べることになった。うまくつくらなければ、すべて自分に跳ね返ってくる。

それほどの重労働をしているわけではなかったが、普段使っていない筋肉と神経を使っているせいか、一日が終わるとひどく疲れていた。

七日目にはすでにパンを見るのもつらくなっていた。同じパンばかり食べるので味に飽きてくるのだ。卵焼きやハムを挟んだり、ジャムをつけたりして食べたが、バリエーションにも限界がある。

それでも同じ分量、同じ焼き方でパンをつくり続けると、いろいろなことがわかるようになった。捏《こ》ね方も最初は全然足りていなかった。粉の混ぜ方でも味は変わる。各工程における粉の温度はかなり重要だった。粉の温度が同じでも、気温や湿度が変わると味が違うのだ。

一次発酵も二次発酵も、すべてにおいて僕のつくり方には「何か」が足りなかった。その「何か」に少しずつ気づいていった。

「どうだ。調子は?」

太陽が、一ヶ月ぶりに僕の家にやってきた。

太陽の計画では、僕がある程度パンをつくれるようになったら、ほかの店で修業することになっていた。太陽はこの一ヶ月のあいだ、知り合いのパン屋を訪れて、僕の修業先を探していたのだった。

太陽も別のパン屋で働く。ふたりで別々のパン屋で働き、ノウハウを吸収するのだ。

僕は、味を見てもらおうと、焼き立てのパンを渡した。

太陽は、それをテーブルに置くと、パンをじっと見つめた。

「何、見てるんだ? 食べないのか?」

「パンは、焼き立てよりも、少し時間を置いたほうがうまくなるんだ。冷める過程で、味が生地に馴染む。酵母が発酵するときに出すアルコール臭も時間が立つと消えるからな」

「……そうか」

てっきり焼き立てのほうがおいしいだろうと思って、太陽が来る直前に焼きあがるようにタイミングを計っていた。パンに関しては、知らないことばかりだ。

太陽は、立ちあがると、僕の作業場――アパートのキッチンを見てまわった。

「清潔にはしてるみたいだな。パンづくりには、清潔さが大切だ」

僕は背中を一筋の汗がつーっと流れるのを感じた。きのうまではぐちゃぐちゃだったが、太陽が来る前に慌てて片づけたのだった。

三十分ほど経って、ようやく太陽は僕のパンを口にした。一口齧《かじ》り、まるでワインを試飲しているみたいに口のなかでパンを動かした。

太陽の食べる様子を見ながら、僕は緊張していた。まるで学生のころにテストの結果を待つみたいな気分だった。自衛隊の訓練結果にはいつも自信があったから、こんな気分になったことはない。

太陽が表情を変えずに僕を見た。

「まあ、いいんじゃないか」

僕は安堵した。

「おいしかったか？」

「おいしくはない。だが、工夫したあとはある。丁寧な味だ。それでもプロになるには全然技術が足りないけどな」

正直、僕にもそれはわかっていた。誰かにお金を払ってもらえるほど、おいしいものがつくれたとは思っていない。コンビニで買えるパンのほうが遥かにうまいだろう。

「これからは、お前が行く店で修業したらいい」太陽はいった。

「えっ、君が教えてくれるんじゃなかったのか？」

「そのつもりだったが、雨宮《あまみや》さんに教えてもらったほうがいい」

「雨宮さん？」

「俺の恩師だ。俺も昔そこで働かせてもらった。成田《なりた》にある千葉では有名な老舗のパン屋だ」

「僕は、千葉に行くのか？」

「東京から離れたほうがいいからな」

確かに、まだチームのメンバーが僕たちを探している可能性はある。

「修業期間はどれくらいになる？」僕は尋ねた。

僕は少しでも早く太陽とパン屋を開業したかった。

「雨宮さんがいいというまでだ」

「それは、期間は決まってないってことか？」

太陽が鼻で笑った。

「どれぐらいの期間で技術が身につくかなんて誰にもわからないさ。まあ、焦らないことだな。商売を成功させるには、俺だけじゃなくて、お前にもうまいパンを焼いてもらわなければいけないからな」

「そうだな……」

そうはいったものの、僕は恐れていた。ほんとうに、おいしいパンがつくれるようになれるのだろうか？

この一ヶ月で、学べるものは多かったが、料理好きの小学生の女の子のほうがよほどおいしくつくれるんじゃないかという気がしていた。

ひょっとして、自分には才能はないのでは、と思うと恐ろしくなる。

パン屋になるのに資格はいらない。開業する際に、食品衛生責任者と飲食店営業許可をとる必要があるが、それらは形式的なものだ。

パン屋として成功するには、市場に認めてもらわなくてはならなかった。市場が認めてくれなければ、自分の意志にかかわりなくパン屋としては失格になる。そのためには、なんとしても、おいしいパンをつくる技術を習得する必要があった。

「休みには、ほかの店のパンを買って食べるんだ」太陽はいった。「行くべき店のリストは俺が用意した。内装、外観、客層、客単価、イートインがあれば座席数、営業時間、あらゆるものを観察して吸収するんだ」

「わかった……。それで、君はどこの店で働くんだ」

「俺は、フランスへ行くつもりだ。トゥールーズに学びたい店がある」

「フランス？」

僕は驚いて、太陽を見た。

太陽は僕を強い眼差しで見返した。

「もう向こうの店には話をとおしてある。新しく店を出すには、俺はもう一段階上に行く必要がある。日本で学べるものは、もうほとんど学んだからな」

「そうか……」

僕は太陽の眼差しの奥に宿る激しさに気圧《けお》された。

太陽がふたたび情熱を傾けられるものを見つけたことが嬉しい反面、離れ離れになることがつらくもあった。盗みの世界から足を洗い、ふたりでいる時間が増えると思っていたのに……。

――フランスか。遠いな。

それでも、これがふたりの門出に必要なら。

そう思えば、耐えられる。

これを乗り越えれば、ふたりで店を開くことができるのだ。

BOSS 3

「プール金は、どこにあるんですか?」

鬼山が、金をかぞえながら、俺を見た。

俺たちは、密輸をしている貿易会社社長宅に盗みに入ったあとで、金を分配するためにいつものアパートに集まっているところだった。

「太陽は、話さなかった」俺は答えた。

へー、そうなんですか、と鬼山は、札をパチパチと音を立ててかぞえながら、こちらを見ずにいった。

太陽が管理していたチームのプール金の在処《ありか》がわからなくなっていた。太陽しかその場所を知らない。

あのとき――太陽を銃で撃ったとき、そんなことはまったく頭をよぎらなかった。ただ夢中で、行動していただけだった。

鬼山は俺の命令に従順な姿勢を見せていたが、腹では何を考えているのかわからなかった。ほかのメンバーも粛々と命令に従ってはいても不満を持っている可能性があった。あれから二件、盗みを成功させていたが、稼ぎは以前よりずっと少なくなっていたからだ。

太陽のリサーチ力は確かだった。悪事をしていて、そのうえ金を持っている者を見つける力だ。一種の才能だといってもよかった。稼ぎが、予想より上まわることはあっても、下まわることはなかった。

どうやって相手が隠し持っている金額を知ることができたのか、太陽が死んだいまとなっては知ることはできなかった。

「でも」鬼山が金をかぞえ終わり、煙草を銜《くわ》えた。「どこかにはあるはずなんですよね。太陽さんの家にあるんじゃないですか?」

「太陽の住んでいたところは知らない」俺は鬼山を睨みつけた。

そのことは、鬼山もほかのメンバーも知っているはずだった。俺たちは、それぞれのメンバーの住む場所を知らなかった。誰かが警察に捕まったとき、ほかのメンバーの居場所を知られないようにするためだ。これもチームの方針だった。例外は、俺と瞳だけだ。

「それなら、俺たちはもっと稼がないといけないですね」鬼山が煙を吐きだしながら、いった。

瞳が立ちあがって、窓を開けて、外の空気を中に入れた。白いカーテンが揺れて、風が入る。夏が終わったこの時期、エアコンをつける必要はなかったが、閉め切っていると部屋は蒸し暑くなる。それにいまは、鬼山の吸う煙草の煙が部屋を汚染していた。

太陽がいたころ、鬼山はこの部屋では煙草を吸わなかった。俺がボスになってからの習慣だった。はじめて仕事を成功させたあと、鬼山は煙草を吸い、俺はそれを止めなかった。それで認められたと思ったのか、それからは平然と煙草を吸うようになった。ほかのメンバーで煙草を吸う者はいない。

鬼山の煙草は、部屋の空気だけでなく、チーム全体をも乱すものだと気づいていたが、それを正すタイミングを失っていた。稼ぎが少ないうしろめたさも俺の口を重くしていた。

トマリが金を四つにわけてテーブルに置いた。

「ひとりあたり、四万五千円です。〝税金〟は引いていませんけど、いいんですか?」俺を見る。

「ああ、それでいい」

前回の盗みのあと、〝税金〟の制度はやめるとチームに伝えていた。少なくなった稼ぎに、メンバーが不満を持たないようにするためだ。そのかわり俺の稼ぎだけを慈善団体に寄付している。

準備に二週間、必要経費に数万円かかっていて、これだけの稼ぎでは仕事に見合わないと彼らが考えていることはわかっていたからだ。

それぞれのメンバーがテーブルの上の金をとっていった。俺の分だけ、テーブルの上に残っていた。薄い札束だ。それは、太陽がボスだったときには見たことがないほどの薄さだった。

「次の仕事の話をする」俺は三人にいった。

鬼山はテーブルの横で片脚を伸ばして座っていた。瞳は窓のそばで壁に背をつけてぼんやりと座っている。トマリは、ノートパソコンをいじっていた。

「もう次の仕事をするんですか？」鬼山が煙草を銜えたまま、目を細めて俺を見た。

「そうだ。次のヤマはでかい」

「どれくらい、でかいんですか？」

鬼山が煙を天井に向けて吹きだす。

「五千万以上は確実にある」俺はいった。

全員が俺のほうを向いた。

瞳が尋ねる。

「今度はどこを襲うんですか？」

「政治家だ。汚職をしている。名前は、畑山夏生《はたやまなつお》。民誠党議員」

「そういえばニュースで報道されてましたね。ほんとうに悪い奴だったんですね」瞳が身体を前にした。

畑山を狙うことに決めたのは、先々月のことだった。登美丘建設の社長が窃盗事件の首謀者として逮捕されたときだ。登美丘は、俺の家族を殺した男で、俺が復讐として金を盗んだ奴だった。登美丘が下手を打ったのだ。伯父の話では、登美丘は闇社会の大物だということだったが、どうやらあの男の悪運も尽きたようだった。

俺が奴から金を盗んだことで奴の悪運が尽きたと思いたいところだが、それはわからない。警察の調べでは、かなり前から脱税したり、盗みを働いたりしているようだった。俺の親父にもそういったことをさせるつもりだったのだろう。

警察が登美丘建設を家宅捜索すると、ほかにも余罪が見つかった。それは政治家への違法献金だった。その献金相手が畑山夏生だ。畑山は、その前から、政治資金管理団体「誠山会」の土地取引をめぐる汚職が週刊誌の記事になり、世間を騒がせていた。そこにこの違法献金の嫌疑がかかったのだった。

畑山が悪人で、多額の現金を持っていることは間違いなかった。

ただ、警察が畑山を監視している可能性があるため、リスクは大きい。それでも、このあたりで、でかいヤマをあてなければ、チームの信頼を失いかねなかった。

「もうそろそろ、そういうのはやめたほうがいいんじゃないですか?」鬼山がいった。

「そういうのって、何だ?」

「悪人からものを盗むって方針ですよ。そんなこと気にしないで、金持ってる奴らから、かたっぱしに盗めばいいじゃないですか。俺たちにはそれだけのノウハウがあるんですし」

俺は鬼山を睨みつけた。

「これは、前のボスからの方針だ」

鬼山が煙草を空き缶の上で揉み消して、吸殻を飲み口に落とした。

「でも、いまのボスはあなたでしょ。だったら、方針だって変えたっていいと思いますよ」

「いや、俺はこの方針を変えるつもりはない」

いまや、この信条だけが俺と太陽の唯一の繋がりになっていた。

鬼山はお道化るように肩をすくめた。

「まあ、計画を立てるのはボスですから、別にいいですけどね」

俺は、三人を見まわしながら話した。

「よし、それなら俺の話を聞け」

俺は、政治家の畑山夏生を一ヶ月前から調べていた。このことを知っていたのはハッカーのトマリだけだった。トマリには協力してもらっていた。彼の力が必要だったからだ。ほかのチームのメンバーには成功する見込みが立ってから伝えるつもりだった。

「政治家ってやばくないですか？　畑山といったら、ずいぶんな大物ですよ。警備も厳重なはずです」瞳がいった。

「危険が多いからこそ、見返りも大きい。だが、今回はそれほどリスクはないかもしれない。すでに畑山の家の金庫の場所も暗証番号も調べはついている」

「どうやって調べたんですか？」瞳が訊いた。

「トマリに頼んで、極小のカメラをつくってもらった。それを畑山の眼鏡に仕込んで、調べたんだ」

「成功したんですか？」と鬼山。

「成功したから、いまこうして話してるんだ。実行するのは来月七日だ。その日、畑山は選挙区のある山口に帰る。畑山は家族を山口に残して単身赴任しているから、その日は東京の家が無人になる。そのときがチャンスだ。瞳は、警備システムの穴を見つけてくれ」

鬼山がもう一本の煙草に火をつけた。

「俺は、逃走経路を調べればいいんですか？」

「いや、その必要はない」

俺がそういった瞬間、部屋のなかの空気が緊張するのがわかった。

「それは、どういう意味ですか？　今回、俺は必要ないってことですか？」

鬼山が気色ばんだ。この男はカッとしやすい。自分がチームから外されると思ったのかもしれない。

「そうじゃない。逃走経路はもう調べてある、という意味だ」俺はいった。

「だとしたら、俺は運転するだけでいいんですか？」

「それもしなくていい」

「それじゃあ、俺は何をするんですか？」

俺は鬼山を見ながら静かにいった。

「今回、お前には盗みをしてもらう。運転は俺がする。ボスが変わったら、方針を変えてもいいといったのはお前だろう。それともお前は車を転がすことしかできないのか？」

鬼山が俺をまっすぐに見た。

「ま、暗証番号がわかってるなら、俺にもできますよ。だけど、金庫のなかに金はたっぷり入ってるんでしょうね」

BAKER 4

ＪＲ成田駅からバスで三十分ほど揺られた先に、その店はあった。

古い店構えで、庇《ひさし》のところにある赤いテント地に白い字で店名が記されている。創業四十五年、老舗だった。

〈あまみやべーカリー〉

太陽の師匠だというから、どれだけ厳しい人かと思ったが、店の主人、雨宮太郎《たろう》は、好々爺《こうこうや》といった人物だった。年齢は七十を超えているだろうか。小太りで、度のきつそうな眼鏡を掛け、にこやかな笑顔を絶やさない。雨宮はひとりでこの店を切り盛りしていた。

厳しい修業になるかと思っていたぶん拍子抜けした。

確かに、朝早くに店に行かなくてはならなかったし、慣れない作業で指や腕が傷だらけになったが、新しい知識を吸収するのは楽しかった。一ヶ月、自分で下手なパンをつくり続け、そこで悩んだことの答え合わせをする楽しさもあった。

雨宮はパン酵母を自分で培養して、パンをつくっていた。パン酵母は店で買うものとばかりに思っていたので驚いた。

「パン酵母って、自分でつくれるんですか？」

「もちろん、つくれるさ。きちんと面倒を見てやればな」

雨宮は、レーズンやリンゴなどいくつかの果物から酵母をつくっているようだった。

「これを数日おきに培養して、いわゆる『かけ継ぎ』をしてるんだ。一番古いものだと、三十年以上使ってる」

確かに、雨宮のつくるパンは、これまで僕がつくってきたパンとは味が微妙に違っていた。独特の風味があり、わずかに酸味が感じられる。それでいて、おいしい。絶妙なバランスの上に成り立っているように思えた。

「市販のイースト菌を使わない利点って何ですか？」

「自分でつくると、小麦の種類や焼き方に合わせて酵母を選べることだな。酵母と小麦には相性があるんだ」

酵母と小麦の相性といわれてもピンとこなかった。〈あまみやベーカリー〉では国産の小麦しか使っていないが、それでも産地の異なる、数種類の小麦を使用していた。自分でいろいろ試してみろ、といわれて食べくらべると、なるほど酵母と小麦の組み合わせで味は変わっている。そこに分量や生地の寝かし方、焼き方などを合わせると、それこそ、膨大な数の組み合わせによってパンの味が決定するのだった。

僕は、ノートをとりながら、雨宮の仕事を覚えようと思ったが、パンづくりには、あまりにも微妙で繊細なところが多すぎて文字に起こすことは難しかった。自分の目で見て、舌で味わって、そしてみずからの手で感覚を掴むしかなさそうだった。

「まあ、慌てなさんな。最初はパンとたくさん会話して仲良くなりゃいい。お前さんだって、すぐに誰かと親しくはならないだろう。技術の習得には時間と愛情がいるんだ。まずは、知り合いになって、それから友達になる。そのあとで一緒に遊べばいい」

「はあ……」

まるで小学校に入学するときの心構えを聞かされているようだった。まあ、実際、そうなのかもしれなかった。僕は、パンの学校で最低学年に所属している。

雨宮を見ていると、ほんとうにパンと会話しているように感じることがあった。パンの声を聞いているみたいに、生地を捏ねながら、微笑んだり、顰《しか》め面《つら》をしたりする。

店は、ほどほどに繁盛しており、雨宮はそれで満足しているようだった。自分が丁寧に扱えるだけのパンを焼きたいからだろう。僕は少しずつ、ゆっくりとだが、着実にパンづくりの知識と技術を学んでいった。焦っても仕方ない。雨宮のいうとおり、まずは親しくなることだ。

問題が起こったのは、三週間が過ぎたころだった。

店仕舞いを済ませた午後三時、ひとりで店に残って、後片付けをしていた。雨宮はもう帰っている。そのころには、店仕舞いは僕の仕事になっていて、片づけが終わったあと、ひとりでパンをつくっていた。太陽に近づくには、まだまだパンを焼き足らない。

「あんた、誰?」

厨房に現れた女はそういった。

赤いレインコートを着て、その下は着崩れた黒いパンツスーツの女だった。ショートボブの髪型で、大きな目をしている。その日はどしゃ降りの日で、いつもより早く店を閉めていた。

僕は、驚いて女を見つめた。表のドアの鍵はかけていなかったが、「CLOSED」のプレートをドアに掛けてある。

それなのに、この女は入ってきて、厨房までやってきたのだ。

「そっちこそ、誰だ」

「わたしは、雨宮太郎の娘だけど」

——娘?

雨宮には娘がいたのか。僕の知らない情報だった。

「僕は、この店で働いている」

それから僕は名乗った。

「ふーん、二岡《におか》さんか……。すいませんね。聞いてなかったもので」女は横柄な口調でいった。

歳は、二十代半ばぐらいだろうか。僕よりは下に見えた。気の強そうな女だった。

女はレインコートを脱いで、慣れた様子で厨房の前の通路の釘にかけると、スマートフォンをとりだした。誰かに電話をかける。

「もしもし、お父さん。人を雇ったんなら、わたしにいっておいてよね。びっくりするじゃない。……え？　いま店に来てるわよ。忘れてたの？　わたしはどうしたらいいの？……わかった。ちょっと待ってね」

女がつかつかと歩み寄ってきて、僕にスマートフォンを差しだした。

「お父さんが話したいって」

「僕に？」

女が頷く。

僕は粉だらけの手をエプロンで拭って、スマートフォンをとった。

「はい、二岡です」

〈きょう、余ったパンがあっただろ〉

「ええ」

きょうはいつも以上にパンが売れ残っていた。太陽に聞いたことがある。雨の日はパンが売れないから、つくる量を減らすのだと。きょうは天気予報で雨と出ていたから、この店でもパンをつくる量を減らすのだろうか、と思っていたが、雨宮はいつもと同じ量だけパンを焼いていた。それで、この店は例外で売れるのかと思っていたが、そんなことはなく、かなりのパンが売れ残っていた。

〈そのパンを娘の八雲《やくも》に渡してくれ〉

僕は、わかりました、といって電話を切った。

スマートフォンを渡すと、女はスマートフォンについた粉を手で軽く払ってからパンツのポケットに滑りこませた。

「それじゃあ、勝手に持っていくね」

雨宮八雲は、慣れた様子で厨房の棚に置かれたパンを紙袋にひとつずつ入れていく。

「余ったパンをどうするつもりですか？」僕は尋ねた。

八雲は振り向いて、

「まあ、いろいろとね。それよりも、あなた、自分の店を持つためにここで働いてるの？」

「そうですけど、なんでわかったんですか？」

女が顔をくしゃと顰めた。笑ったようにも見えたが、よくはわからない。

「さっきは不躾《ぶしつけ》ないい方して悪かったわ。突然、知らない人がいて驚いたから。あなたがなんで自分の店を持つつもりなのかわかったのは、そういう人がこれまでにも何人かいたからよ。あ、あと、わたしには敬語は使わなくていいからね。わたしはこの店で働いているわけじゃないし」

八雲は持ってきていた大き目の手提げの紙袋に、パンを詰めていく。

「仕事は何をしてるの？」僕は尋ねた。

八雲はパンを詰めながら答えた。

「警察官よ」

——警察？

BOSS 4

計画は完璧だった。

瞳は、畑山邸の警備システムを完全に攻略していた。防犯カメラも警報もすべてが無効化されていた。鬼山が家に侵入したときには、まったく警備システムは作動しなかった。

鬼山はセールスマンを装って侵入していた。時刻は午前十一時過ぎ。サラリーマンが訪問販売でふらっと立ち寄ったように玄関に近づき、ドアを開錠した。開錠方法は事前に俺がレクチャーしていた。

安物のスーツを着た鬼山は、入っていくとき、かなり緊張しているように見えた。このチームになって、鬼山が盗みに入るのははじめてのことだった。

俺は車に乗って、鬼山が出てくるのを待っていた。鬼山が出てきたのは三分後だった。

顔を紅潮させて近づいてくる。怯えているようにも何かに怒っているようにも見えた。実際にはそれは後者だったが、それがわかるのは彼が車に乗りこんだあとのことだった。

「いったい、どういうことなんだ！」

鬼山は車に乗りこむなり、俺に向かって怒鳴った。

「何が？」

「金庫のことだよ！」

「いいから、早くドアを閉めろ」

畑山邸の防犯カメラは、トマリのハッキングで何も起きていない状態の静止画像しか映らないようにしていたが、住宅街で大きな声を出されたら、付近に住む誰かに見られる恐れがあった。

鬼山はドアを閉めると、黙ってシートベルトを締めた。

住宅街を抜け、国道に入ったときに、助手席の鬼山が身体を俺に向けた。

「あんたがボスだろうが関係ない！　俺を嵌めるつもりだったのか？」

「お前が何のことをいっているのか、わからない。誰かいたのか？」

鬼山が数秒、俺を睨みつけた。

ようやく気が静まったのか、少し落ちついた声でいった。

「金庫には何も入ってなかったんですよ。あんたにはそれがわかってたんでしょう」

「何も入ってなかったって？」

畑山の眼鏡に仕込んだカメラで金庫に金があることを確認したのは数日前のことだった。あのときから金を移動した可能性はあったが……。

「まったくなかったのか？」

「ゼロだよ。ゼロ！　埃《ちり》さえもなかった」

鬼山は憤然として前を向いた。

緊張して侵入したにもかかわらず、成果がなかったことにかなりのショックを受けているようだった。

それは俺も同じだった。準備期間は約二ヶ月。畑山の眼鏡にカメラを仕込むことに成功し、金庫の隠し場所と暗証番号を知った。防犯システムを無効化することにも成功した。畑山邸が無人になるときも突きとめた。

あとするべきことがあったとすれば、実行の日まで畑山の眼鏡の隠しカメラを使える状態にしておくことだったが、それはあまりにも危険だった。隠しカメラのバッテリーは実行日の二日前になくなっていたが、とりつける際にも、多大な労力と偶然が必要だったのだ。バッテリーを新しいものに換えることは不可能に近い。

しかし、金庫に何も入っていなかったなんて……。

まったく考えていなかったことだった。

反省会でも、鬼山は不満をぶちまけた。

場所はチームで借りているアパートだ。

「金庫はまったくの空っぽだったんだぜ。そんなこと、あり得るか？　いったい俺は何のために侵入したんだよ」

瞳が鬼山をなだめる。

「この仕事に失敗はつきものでしょ。畑山が金庫の中身を直前でどこかに移したんだったら、そんなことは誰にもわからないじゃない」

鬼山が瞳をきつい目で睨みつけた。

「だけど、この仕事は絶対にカタい、と誰かがいったんだ。絶対に成功する、とな」

「絶対、とはいってないと思うけど」トマリがいった。

鬼山がすぐに反論する。

「いや、ボスは、絶対に成功するといった。お前らだって聞いてただろ」

それから鬼山は俺を見た。

「そういいましたよね？」

「『絶対に成功する』とはいってない。数日前に大金が入っていたことは確認してあるといっただけだ」

鬼山が腕を開いて大げさに肩をすくめる。

「それは無責任じゃないですか？　どうしてこんなことになったんですか？」

「俺にもわからない。だが、今回の侵入は誰にも知られてない。どうして金が入ってなかったのかはわからないが、また挑戦できる」

鬼山は憮然《ぶぜん》として煙草をふかした。

また挑戦できる、とはいったが、実際、それはかなり難しいことだった。今回の侵入に警備会社が気づく可能性もある。気づかれれば警戒は厳重になることは間違いなかった。

この業界では、一度、ケチがついてしまった仕事は避けることが鉄則だった。何が敗因だったのかわからないが、運が悪かったことだけは確かだ。この仕事を成功させるには運の要素も重要になる。

意地をとおせば失敗する。意地よりも、幸運を味方につけなければならない。

しかし、この失敗を挽回しなければ、鬼山の、いやチームの信頼が一気に俺から失なわれてしまうことは確実だった。

アパートのなかは重苦しい沈黙が支配した。

テーブルの上に置かれた、スナック菓子には誰も手をつけていなかった。

BAKER 5

「ああ、それは、やっちゃんだな」受話口の向こうで太陽がいった。この声はフランスから届いている。

「やっちゃん？　じゃあ、君は八雲さんのことを知ってたんだな。彼女が警察官だってことも」

僕はスマートフォンに向かって大声を出していた。

「そうか、警察に入ったんだな。確か、警官になりたいっていってたな」

「そんな暢気《のんき》なこと、いってる場合か。彼女は、君のことをどこまで知ってるんだ？」

「パン職人としての俺しか知らないよ。というか、俺のことなんか覚えてるはずないさ。かなり昔のことだしな。あの子は、俺よりも俺の親父と仲がよかったんだ」

「太陽のお父さん？　警察官をしてたっていう人か」

「そうだ」

太陽の父は、警察で働きながら、昔の僕らのように義賊みたいなことをしていた。太陽はあまり話したがらないが、太陽が父親に憧れているのは、その話しぶりからわかっていた。

太陽の父と八雲が知り合いだったということは、ここは太陽の地元だったのか。

僕はいった。

「だけど、警官が近くにいるような店に、わざわざ僕を修業に行かせることはなかっただろ」

「娘は関係ない。俺はお前を雨宮さんに会わせたかったんだ。いい人だろ」

「……ああ、雨宮さんは、いい人だ。もっと怖い人なのかと思ってたけど、すごく優しい人だった」

「人柄もいいんだが、パンをよく見てほしいんだ。あの人は自分じゃ話さないだろうが、多くのパン職人が憧れてる人なんだ。これまでも何人ものパン職人が雨宮さんに教わってきている」

確かにパンは絶品だったが、そんなにすごい人だとは思わなかった。

「やっちゃんがパンを持って帰っていったのは、児童養護施設に配るためだな」太陽がいった。

「養護施設にパンを配るのか?」

「昔も雨の日には、パンを配ってたな。確か、やっちゃんが学生のころからしてたはずだ」

八雲が警察官であることは気にしないでおこうと思ったが、太陽が親しげな様子で〝やっちゃん〟と呼んでいるのが気になった。

「そっちはどうなんだ。フランスのパン屋は」

「最高だよ」太陽が弾む声でいった。「とり入れたいものばかりだ。ずっと来たかったんだ。何を見ても、おもしろいし勉強になる」

「そうか……」

太陽が楽しんでくれるのは嬉しかったが、やはり離れていることは寂しい。

電話を切って、僕は、殺風景な部屋でこれからのことを考えた。

実際にパン修業をはじめてみると、自分に足りないものがいろいろ見えてきて、もっと時間が必要だと感じていた。太陽はさらに上を目指している。僕が近づけば近づくほど、彼はさらに遠くに行ってしまう気がした。

僕は彼の足手まといにだけはなりたくなかった。僕といることが太陽にとってプラスになる存在になりたかったのだ。


それからも雨の日になると、八雲は店にやってきた。いつも同じスーツに同じレインコート。勤務中でも来られるのか、と尋ねると、勤務しているこの近くの警察署でも彼女の活動を認めているらしかった。彼女は生活安全課の刑事なのだという。

八雲が来る時間には雨宮はすでに帰宅しているので、僕が八雲にパンを渡す役目になった。僕が来るまでは、雨宮が残っていたらしいが、この役目はすっかり僕が担当することになったらしい。

八雲はむすっとした顔でやってきては、パンを紙袋に詰めてさっさと帰っていく。愛想は悪かったが、まったくこちらと話をしないわけでもなかった。話しかけると応えてくれる。

「ずっと養護施設に配ってるの？」

「まあね。そこにあるクロワッサンも詰めてくれる？」

僕は、横の棚にあるクロワッサンを手にとった。

「これは僕がつくったものだけど、それでもいい？」

「失敗作じゃなきゃ、入れて」

クロワッサンを紙袋に詰めた。味はまだまだだが、失敗作というほどではない。

「あなたは、どうしてパン屋になりたいの？」八雲が尋ねた。

「……まあ、そうだな。誰かが一生懸命になるのを手伝いたかったから、っていったら意味がわかるかな？」

八雲が顔を顰めて僕を見た。

「全然わからない」

僕は笑った。

「そうだよな。ま、とにかく、パン屋をやってみたかったんだよ。いままでとは違うことをして、違う世界を歩きたいんだ」

八雲はまた顔を顰めた。

「違う世界を歩きたいって、なんかの歌の歌詞みたい。あんまりいい歌じゃなさそうだけど」

「そっちはどうなんだ。なんで警官になったんだ？」

八雲は壁際にあった低い棚に腰をおろした。

「昔、この店の近くの交番の人がよくパンを買ってくれていてね。その人は、買ったパンを養護施設に持っていってたんだよね。すごくいい人でね。あんな人になりたいなと思ってさ。いまじゃ、雨の日にパンを配るのが、私の仕事の一環みたいになってね」

――その警官は、太陽の父親だ。

誰でも自分の人生に影響を与える人がいるものだ。僕にとっての太陽がそうであるように、八雲にとっては、太陽の父がその人だったのだろう。

「ところで、太陽さんは元気なの？」

僕は驚いて八雲を見た。

「どうして、僕が太陽のことを知ってると思うんだ？」

「お父さんが、あなたは太陽さんの紹介で来たといったからよ。太陽さんの知り合いなんでしょ？」

太陽は、電話で八雲は自分のことを覚えていないだろう、といったが八雲はしっかりと覚えていたようだ。

「まあ、知り合いといえば知り合いだな。だけど、そんなに親しいわけじゃない」僕は嘘をついた。まだこの女は信用できない。

「そうなんだ。……あの人は昔からすごく変わってたわ。お父さんのところには大勢のパン職人が修業に来たけど、あの人はほかの人とはまったく違ってた」

「どんなふうに？」

「なんていうか、恐ろしいほどに真剣だった。ほかの人たちも皆真面目だったけど、全然違うの。誰よりも先に来て、誰よりも遅く帰ってた。というか、ほとんど店にいたんだと思う。いつもパンのことばかり考えて、パンのことしか話さなかった。いつかかならず完璧なパン屋をつくってみせるっていってた」

太陽の話をする八雲の顔を見ながら、この娘は太陽に惹かれていたんだな、と思った。太陽は、人を惹きつける熱を発している。その熱はあまりにも熱すぎて近づくことはできないが、一度その熱を知ると離れることができなくなる。

「だけど、お父さんはいってたのよ。太陽さんは、パン屋にはなれないかもしれないって」

「それって、どういう意味だ?」

「あの人はあまりにも完璧を求めすぎるって。そんなことは誰にもできないから」

それはある意味あたっているかもしれなかった。太陽は、どこまでいっても何かが足りないと感じるのだろう。常に何かを追いかけている。

八雲が続ける。

「お父さんがそんなことをいうから気になってね。あの人がここを出ていったあと、少し調べたんだ。あの人がどんなパン屋をつくったのか」

「太陽のパン屋を知ってたのか?」

八雲が頷く。棚の上に座り、子供のように足をぶらぶらさせながら話した。

「すごくいい店だったよ。ああ、これが太陽さんの店なんだと思った。開放的で明るいパン屋でね。パンもすごくおいしくてね。店は都内にあったんだけど、よく通《かよ》ったわ。そのパンを食べるためだけに」

八雲の顔が紅潮するのがわかった。

「だけど」八雲の顔が曇る。「あるとき急に店がなくなってた。それから、あの人の行方がわからなくなった。……ほんとうはいけないことだけど、警察の情報を使って調べてもみたんだ。それでもわからなかった」

そのころ、太陽は闇に落ちていた。そして、僕は太陽に出会った。

「あなたは太陽さんと連絡をとってるの?」

「……まあな」

動揺しながら僕は答えた。

太陽の紹介でここへ来たのだから、連絡をとっていないとはいえなかった。

「心配しなくてもいい。あいつは、またパン屋をはじめるよ」僕はいった。

「ほんとうに?」

八雲が顔を明るくした。

「ああ、いまはフランスで修業中だ」

「フランス……。フランスのどこ?」

「トゥールーズだ。それ以上は知らない」

八雲はぼんやりとした顔をつくった。その顔は喜んでいるのか悲しんでいるのか僕には判断がつかなかった。

それから足をおろすと、

「そろそろパンを配りに行かないと」といった。


それからも僕のパン修業は続いたが、あるとき、やめざるを得なくなった。

その次の雨の日のことだった。

雨宮が帰り支度をしながらいった。

「そろそろ、このあたりの地理は覚えたか？」

「まあ、だいたいは」

近くのパン屋の味を見るために町はよく歩いていた。

「それじゃあ、きょうは八雲の代わりにパンを配ってきてくれ。どこに配るかはこの紙に書いておいたから」

雨宮が僕に一枚の紙を手渡した。

その紙には、付近にある児童養護施設の名前が書かれてあった。

「八雲さんは、きょうは来ないんですか？」

「あいつは、いまは旅行に行ってる。もしも旅行中に雨が降ったら、このリストをお前に渡して配ってもらえって。いつも勝手な奴だ」

「旅行って、どこに行ったんですか？」

「フランスだ」

――フランス？

まさか、彼女は太陽のところへ行ったのか？

BOSS 5

「自分の都合のいいときだけ、わたしを利用するのね」

瞳が俺をきつく睨みつけた。

俺は瞳と〈ベル・タン〉に来ていた。このカフェは、昼間はパン屋で夕方からカフェになる。客は少なかった。

ここは、昔、太陽に勧められた店だった。フランスに本店があり、ここ東京にある店は支店になる。一度太陽とふたりで来たことがあった。あのとき俺たちは焼き立てのバゲットを食べた。いまはコーヒーを飲んでいる。パンはなし。

「俺の都合じゃない。チームの都合だ。このままではチームは崩壊する」

「崩壊したっていいじゃない。このままふたりで逃げようよ」

俺は首を振った。

「それはできない。俺は完璧なチームをつくらないといけないんだ」

「完璧なチームって何？　なんでそんなものをつくる必要があるの？　あなたは、ただ亡霊を追っているだけじゃないの。前のボスはもう死んだのよ。あなたはあなたの道を進めばいいんじゃないの」

「そんなわけにはいかない」

俺は目の前のカップを見つめた。カップには琥珀《こはく》色の液体が三分の一ほど残っている。まだ完全にはなくなっていない。

いまは俺のチームだが、もともとは太陽のチームだった。太陽は完璧なチームを目指していた。その遺志を俺は受け継がなければならない。俺にはその責任がある。

瞳がため息のようなものをついたあとで、俺を見た。

「それで、わたしにしてほしいことって何？」

「畑山邸の防犯システムを一時的に止めてほしい」

「このあいだみたいに？　だけど、お金はもうないんじゃなかったの？」

「今回は金を盗るんじゃない。情報を盗るんだ」

「何の情報？」

「金がどこにいったのか、だ」

「知ってどうするの？」

「もちろん。金を盗る」

瞳が金色の取っ手がついたカップを持ちあげた。彼女はミルクティーを飲んでいた。

少し口をつけて、舌先で上唇を軽く舐《な》めた。

「警備システムからすると、前回の侵入がばれた恐れはないと思うけど、やっぱり危険だと思う」瞳は、ゆっくりと言葉を選ぶように話した。

「危険なことはわかってる。だけど、一週間前までは、畑山の金庫には五千万以上の金が入っていたのは間違いないんだ。俺は、どうしてそれが消えたのかを知りたい」

またミルクティーのカップが持ちあがる。瞳はゆっくりとカップの中身を飲んだ。カップがテーブルに置かれた。

「眼鏡にカメラを仕込んだときはどうやったの？」瞳が尋ねた。

「あのときは幸運だった。畑山が友人とサウナに行ったことがあったんだ。ある店を貸し切って使っていたが、俺は従業員に変装して更衣室で仕掛けた」

「また同じことをしたら？」

俺は首を振った。

「畑山は普段はサウナに行かない。あのときは、たまたま同郷の友人が東京に訪れていた。しばらくあんな機会に恵まれることはないだろう」

「やっぱりほかを探したら？　悪人で金を持っているのは畑山だけじゃないでしょ」

「あいつほどの大物はそうはいない」

実際、悪人であることと、金を持っていることのふたつを満たす人間を見つけることは容易ではなかった。畑山邸への侵入までは問題はなかった。俺はまだあの作戦を放棄したくなかった。

「あの家が無人になるときがわかってるの？」

「それは、わからない。だから、なかに人がいるときに忍びこむしかない。あの家に盗聴器を仕掛ければ、あいつが金をどこに移したかわかるはずだ」

「金庫に入ってた金をもう全部使ってしまったという可能性はないの？」

「あんな大金を何に使うんだ？」

「わからないけど、政治家はあちこちにお金を配ったりするんじゃないの」

「いまは選挙の時期じゃないし、その可能性は低いと思う」

そこまで政治家の仕事を詳しく知っているわけではなかったから、金庫の中身をどこかに移したのではなくて、すべて何かに使ってしまった可能性は否定できなかった。しかし、金はどこかにあると信じたかった。いや、信じるしかなかった。チームを存続させるために。

「家に入るのは、錠二さんだけ？」

俺は頷いた。

瞳が心配そうな顔をした。

「危険じゃない？」

「何をするにも危険はあるさ」

これをしないことのほうが危険だった。このままではチームは間違いなく崩壊する。

カップを摑むと、俺は残ったコーヒーを一気に飲み干した。

翌々日にこの作戦を実行した。午前二時だ。畑山邸には、その日、畑山夏生がいるだけだった。

この時間、彼は二階の寝室で寝ているはずだった。

盗聴器を仕掛けるのは、一階の書斎だった。前回の調査で、畑山は、書斎で秘書と話をすることがわかっていた。もし秘密の会話をするとすれば、この部屋に違いない。

俺はたいていの鍵なら問題なく開けることができる。防犯システムさえ解除してあれば、畑山邸の侵入は問題なかった。

畑山邸に入り、全身黒ずくめの恰好で廊下を歩いた。邸には、薄らとした灯りがともされていた。誰も起きている気配はない。

ひとりで盗みをしていたころのことを思いだす。まだ太陽と出会う前のことだ。

書斎へ入り、目指すデスクに近づいた。デスクの天板の下に盗聴器を仕掛けるつもりだった。

この盗聴器の電源は一ヶ月は持つ。一ヶ月もあれば、畑山の秘密を探ることができるはずだ。

デスクの下に盗聴器を仕掛けたときだった。

部屋の外で物音がした。

誰かが廊下を歩いて、この部屋に近づいているのだった。

BAKER 6

トゥールーズ駅に向かうTGVのなかで、僕は悔やんでいた。

どうして、八雲に太陽がフランスにいるなんてことをいったのだろうかと。

パリ近郊の建物群を過ぎると、TGVは次第に人家のない平原を走るようになっていた。

——空が広い……。

あたりにはまったく山がなく、地平線が見えていた。日本では見たことのない風景だ。ときおり広い農場を持つ人家が見える。あれは小麦畑だろうか。

僕がフランスへ発ったのは、八雲がフランスへ行ったと知った翌日のことだった。モスクワ経由で、ここまで来るのに十八時間かかっていた。そのあいだ一睡もできなかった。


二日前、雨宮に、修業を中断させてください、といったとき、雨宮は何も尋ねなかった。

雨宮はこれまでも多くの若者が修業に来ては去っていく姿を見てきたはずだ。彼の目に僕は、多くの未熟な若者のひとりに映ったに違いない。だが、僕はかならず帰ってくるつもりだった。まだパンづくりに関して彼から学ぶべきことがたくさんある。

どうして僕はフランスへ向かっているのだろうか？

自分でもはっきりとした理由はわからなかった。ただ僕は、もう少しで太陽を殺すところだったあの日から、どんな危険からも太陽を守ると誓ったのだ。

僕を突き動かしていたものは、不安だった。八雲が太陽のもとへ行った。たったそれだけのことだったが、胸に萌した不安がどうしてもとり除けなかった。

八雲は、過去に警察の力を使って太陽を捜すことまでしていた。そして太陽がフランスにいると知ると、すぐにフランスへ向かった。その情熱的な行為が怖かった。その結果、何が起こるのかまったく予想がつかなかった。彼女は雨宮に旅行でフランスに行くといった。それは、彼女が警察官として太陽を捜しているのではないということだ。では、いったい目的は何だ？

目的がわからないこともあったが、太陽に連絡することは躊躇《ためら》われた。修業に打ちこむ太陽の邪魔をしたくなかった。

これは、僕の責任だ。

太陽が修業している店はトゥールーズにある〈ベル・タン〉という店だった。東京にも支店があり、一度太陽と行ったことがある。太陽はその店の店長と知り合いで、今回のフランスでの修業先にトゥールーズにある本店を選んだのだった。

修業先はわかっていたが、太陽がどこに住んでいるのかは知らなかった。それはふたりで盗みをしていたときのルールのままだった。足を洗ったいま、互いの住所を知っていても問題はなかったが、僕は聞かなかったし、太陽も教えてくれなかった。

太陽がどこに住んでいるのか知らないのは、八雲も同じだった。だが、彼女は僕に先行して三日前にここに来ている。

〈ベル・タン〉の場所はスマートフォンで調べてわかっていた。トゥールーズ駅からタクシーで十分の距離にある。

フランス語はまるで話せなかったが、自衛隊時代から英語は得意だった。タクシー運転手が英語を理解してくれればの話だが。

トゥールーズ駅に着くと、外は雨だった。ＴＧＶに乗っていたときも、窓外に流れゆく光景は次第に曇っていくようだったが、まだ雨は降っていなかった。どうやら僕は雨雲に向かって進んでいたようだった。

列車をおり、駅構内を歩いた。外へ出ると、ロータリーの向こうに、雨に霞む薄いピンク色の建物が見えた。〈ベル・タン〉までの道筋はスマートフォンで見てわかっていた。〈ベル・タン〉に向かって歩きながらタクシーを捕まえようと思った。

四十分後、僕は結局、タクシーには乗らず、〈ベル・タン〉まで歩いて辿り着いていた。多くの車が行き過ぎたが、どれがタクシーかわからず、こんなずぶ濡れの男を乗せたがる者もいないだろうと思って、途中からは探すのをやめていた。

店は、ポンヌフ橋を渡ってしばらく行ったところにあった。小さな路地に面した場所で明るい店だ。太陽の話によると、有名店とのことだったが、想像していたよりもずっと小さい店だった。冷たい雨に打たれ続けたせいか、僕の気分はひどく沈んでいた。一日かけてこんなところまで来て、自分はいったい何をしているのだろうかと思った。

急に自分のしていることが、ひどく馬鹿らしいことのように思えてきた。八雲がここに来たところで太陽に何が起こるというのだ。僕は、いったい何に怯えているんだ？

店に入る勇気は持てず、少し離れた路地から、その店を見つめた。ここからでは店内の様子はよくわからない。雨は、僕と店のあいだに降っていた。激しい雨がふたりのあいだを隔てている。ほんの二十メートルほどの距離が永遠の距離のようにも感じた。

時刻は午後四時過ぎだった。傘を差した客が店に入っていく。

家族連れもいた。若いカップルもいた。老夫婦らしき人たちもいた。皆、笑顔で店を出てくる。

パン屋は人を明るくする。

いつか、僕と太陽もこんな店を開けるのだろうか。人を幸せにする店……。

僕は、雨に打たれながら、ずっとその店を眺めていた。

訪れる人を幸せにする店を、沈んだ心で。

BOSS 6

沈んだ曲が流れていた。これで三回目だった。この曲がビートルズの『ストロベリー・フィールズ・フォーエバー』だということはわかったが、畑山がどうしてこの曲を書斎で繰り返し聴いているのかはわからなかった。

俺は、書斎の隅に置かれた大きなスピーカーのうしろにうずくまっていた。この部屋の外で物音がしたとき、ここに隠れたのだった。

ここにいることを気づかれたのかと思ったが、そうではないようだった。息遣いが聞こえ、この部屋に入ってきたのが畑山だとわかった。

畑山は書斎の机まで歩いてくると、その前にある革張りの大きな椅子に腰をおろした。俺が盗聴器を仕掛けた机の前だ。

部屋の灯りは点けず、暗がりのなかに老政治家は座っていた。グラスを机の天板に置くような音が聞こえた。何かを飲んでいるのかもしれなかった。

椅子に座ると、畑山はステレオを操作し、この曲を静かに流しはじめた。暗がりのなか、カーテンの隙間から流れこむ、わずかな灯りのなかで、じっとこの曲を聴いていた。

ときどきぶつぶつと何かをいう声が聞こえたが、何をいっているのかは聞きとれなかった。その合間に、グラスが机に置かれる、カタンという音が聞こえた。

部屋には、ジョン・レノンの歌声が虚ろに響いていた。薄暗い部屋のなかだと、この曲はひどく不気味に聞こえる。スピーカーのうしろにいるためか、低音が強調されていた。

永遠とも思えるような時間が流れ、一曲がとても長く聞こえた。

三回目の『ストロベリー・フィールズ・フォーエバー』が終わり、いつまでこれを聴き続けるのだろうか、と思ったが、もう曲は流れなかった。

畑山は暗闇のなか、じっとデスクの前に座っていた。何をするでもなく、ただ座っていた。どのくらいその沈黙が続いただろうか。やがて、畑山は深い息を吐いて立ちあがると、書斎を出ていった。

ドアが閉まると、俺は全身の力が抜けるような気がした。身体じゅうに汗をかいていた。

盗聴器を仕掛けたことは危険な行為に違いなかったが、それだけの成果はあった。数日のあいだ、畑山はあの部屋で多くの者と会っていた。

畑山は話すとき、ぼそぼそと話し、慣れるまでは何をいっているのかほとんど聞きとれなかったが、ボリュームをあげ、音を調整するうちに徐々に何を話しているのか聞きとれるようになった。

盗聴器を仕掛けて十日目に、畑山が金を金庫から別の場所に移した理由がわかった。検察の捜査を逃れるためだった。畑山は東京地検特捜部の家宅捜索がおこなわれるかもしれないという情報をどこかから摑んでいたのだった。

俺は、そのとき畑山邸から五百メートルほど離れた場所にあるアパートを借りて、盗聴していた。

畑山は違法献金の容疑でひとりの秘書が捕まったことにより、東京地検特捜部が動きだしたとほかの秘書と話していた。

ほかにも、次期衆議院選挙で、畑山の選挙区に同じ民誠党の若い議員が、参議院から鞍替《くらが》え出馬を予定していることもわかった。そうなると畑山は引退するか、民誠党の公認なしで出馬するしかない。なんとか現状を維持したい畑山は、党の幹事長にパイプを持つ人物をこの部屋に呼んで必死に頼みこむこともあった。畑山がほとんど土下座のようなことをしているのが音声から窺えた。

「まあ、そこまでしなくても、頭をあげてください」困っているような相手の声が聞こえた。

彼のような大物議員でも、選挙に当選し続けることは大変なことのようだった。余裕綽々《しゃくしゃく》でいるものとばかりに思っていたので意外だった。鞍替え予定の議員は、次期総裁候補にも名前があがるほど力のある人物のようだった。

畑山の長男は後継者にするには頼りないという話も聞いた。長男は地元の山口で何かの商売をしているらしい。何の役にも立たない奴だ、と畑山は罵《ののし》っていた。次男は子供のころからずっと家に引きこもっているらしかった。後継者がいないことで、畑山は引退することもできず、闘い続けなければならないのだった。

現役の政治家でも特捜部の捜査が入ることは間違いないらしい。

――かなり追いつめられているな……。

俺は、彼が夜中にひとりで『ストロベリー・フィールズ・フォーエバー』を聴く気持ちがわかるような気がした。

彼がこれを聴きながらぶつぶついっている内容もわかった。彼は数を唱えていたのだ。

〈一、二、三、四、五……〉

何の意味があるのかまではわからなかった。あるいは、意味などないのかもしれない。ただ数をかぞえて気持ちを落ちつけているのかもしれなかった。

多くのことがわかったが、一番知りたい、あの金の行方はまだわからなかった。秘書との会話にも出てきていない。

ただ、畑山が「金に染みこまないか?」と秘書に尋ね、秘書が「しっかりビニールで巻いていますから大丈夫です」という会話を聞いただけだった。

「染みこむ」「ビニール」という言葉からすると、どこか水のなかに隠したのかもしれなかったが、それがどこかはふたりは話さなかった。

チームのアパートで三人に話したとき、三人ともあまり乗り気には見えなかった。

「何千万って金なんだぞ」

俺はトマリを見た。

トマリがノートパソコンから顔をあげずにいった。

「特捜が調べてるんだったら、いま盗みに入るのは、やばいんじゃないですか」

「奴が現役の政治家であるかぎりは特捜も慎重になると、畑山が話しているのを聞いた。まだ特捜は本格的には捜査していないはずだ」

「だとしても、まだその隠し場所がわかってないんですよね」

「ヒントはある」

鬼山が鼻で笑うのが聞こえた。

「ヒントって、俺たちはゲームをしてるんじゃないんですよ、ボス」

気を使ったいい方をしていたが、俺を小ばかにするニュアンスがそこにはあった。指に挟んだ煙草の灰をとんとんと人差し指で叩いて空き缶の穴に落とす。

俺は鬼山を睨みつけた。

「お前は数千万の金が欲しくないのか?」

「そりゃ、欲しいですけど、あの政治家が本気で隠したんだったら、見つけるのは難しいんじゃないですかね」

その言葉を聞いた瞬間、頭に血がのぼり、鬼山を怒鳴りつけたい衝動が胸を突いた。

俺は頭のなかで数をかぞえた。

〈一、二、三、四、五……〉

十までかぞえると、気持ちがずいぶん落ちついていた。

三人の前に座りこむと、足を畳んで正座した。そして三人の顔を見た。

それから頭を畳につける。下を向いたまま話した。

「頼む。俺はこの作戦をどうしても成功させたいんだ。畑山は間違いなく悪人だ。あいつが大金をどこかに隠していることは間違いない。だから協力してくれ」

顔をあげると、三人は驚いて俺を見ていた。

最初に口を開いたのは、トマリだった。

「ボスがそこまでいうなら、やりますよ。ね、鬼山さん」

「あ、ああ」鬼山が動揺しているような口ぶりでいった。

俺は瞳を見た。

瞳は黙ったまま頷いた。

BAKER 7

トゥールーズ駅で、ポケットのなかに入れていたスマートフォンが振動した。切妻屋根《きりづまやね》のホームでパリ行きの電車が入ってくるのを待っているときだった。雨が屋根を叩く音が聞こえていた。

スマートフォンをとりだして、発信者を見ると、太陽からだった。

僕はしばらく、スマートフォンに映しだされたその名前を見つめていた。

——何を話したら、いいんだ……。

結局、〈ベル・タン〉には入らず、駅まで戻ってきたのだった。修業を途中で投げだした状態で太陽に合わせる顔がないと思ったからだった。八雲とのことは気になったが、それ以上に、修業を中断していることのほうが重大だと思いはじめていた。

震える指で通話のボタンを押した。

「もしもし……」

〈錠二、まだ起きてたか？〉

聞こえてきた声が明るかったことで、動揺すると同時に安心してもいた。腕時計を見ると、午前零時過ぎだった。この時計は日本時間のままになっている。

「……まだ起きてるよ。何かあったのか？」

〈いや、とくにはない。こっちは、いま店が終わったところだ。これから片づけをして、エクレ

アを覚えるんだ。ベル・タンのエクレアは最高だぞ。これをものにできれば、俺たちの店の看板メニューになる〉

「それは楽しみだな……」

〈どうした？　なんだか声が暗いな。いいパンをつくりたいなら、いつも明るくしてろ。パンは生き物なんだ。つくっている人の感情が宿る。暗い気持ちでつくったパンなんか、誰も食べないぞ〉

「ああ、わかったよ」僕は努めて明るい声を出した。

太陽の声を聞きながら、太陽はほんとうにパンをつくるのが好きなんだな、と思った。明るい気持ちでパンをつくれ、か。いかにも太陽らしい。

〈成田も雨が降ってるのか？〉

僕は、切妻屋根の切れたところで雨が降っているのを眺めた。雨が屋根を叩く音が向こうにも聞こえたらしい。

「ああ、少しな」

〈偶然だな。トゥールーズも雨が降ってる〉

「……そうなんだ」

八雲が会いに来たのか尋ねたかったが、言葉が出てこなかった。

目の前を雨が斜めに降り注いでいる。

「……ほかに変わったことはなかったか？」僕は尋ねていた。

〈変わったことって何だ?〉

「それは……」

〈ひょっとして、八雲のことか?〉

「……もしかして、彼女が君のところに行ったのかと気になってな。フランスに行ったと聞いたから」

しばしの沈黙のあと、

〈驚いたよ。いきなり俺が働いている店に来るんだからな。俺がトゥールーズにいると彼女にいったのか〉

やはり、八雲は太陽に会いに来ていた……。

「太陽の話になって話したんだ。だけど、店の名前までは教えてない」

〈そうか。あいつは自分で調べたんだろうな。なにしろ、警察官だからな〉

「それで、どうなった?」

〈どうなったって、何が?〉

「八雲さんのことだよ」

〈まあ、そうだな。……ずっと好きだったといわれたよ〉

「それだけ……か」

〈それから、その気持ちはありがたいけど、俺にはどうしようもない、といって帰したよ。いまはそれどころじゃないからな。俺もお前もやるべきことがあるだろ〉

やるべきこと……。

太陽が続ける。

〈いいパンをつくるのは簡単なことじゃないんだ。わかってるだろ？　パン屋を開くなら、日々、上達する必要がある。パンをつくるかぎりは、それを食べる人を感動させないといけない。俺もお前もまだまだやるべきことがある。集中してやり抜くんだ。余計なことは一切要らない〉

僕には、太陽の言葉の一つひとつが、残酷であると同時に眩しかった。これほどパンに一生懸命になる男と一緒にパンをつくることになるのだ。いまの僕はそれに値する人間だろうか？

僕の胸に八雲の影はもうなかった。太陽の発する光が僕の全身を貫いていた。

「待っていてくれ」僕はいった。

〈何を？〉

「僕は、かならず君に追いつく」

電話の向こうで太陽が笑うのがわかった。

〈わかってる。だからお前を選んだんだ〉

電話を終えて、僕はパリ行きのＴＧＶを待った。雨は激しさを増していたが、僕の心のなかではもう雨はやんでいた。

BOSS 7

あの日から俺たちのチームは変わった。とても完璧な状態とはいえなかったが、不格好なりにも完璧に近づいている実感があった。俺たちは四人で畑山の秘密を探ろうとしていた。トマリは畑山の事務所と家のパソコンをハッキングし、瞳は畑山の家族の調査、鬼山は畑山の行動を逐一監視した。

俺は仲間から集められる情報をもとに、畑山が隠した金の在処を見つけだそうとしていた。今度こそ、失敗はできない。

いままではひとりで作戦を立てていた。かつて太陽がそうしていたように。太陽は、いつもひとりで完璧な作戦を立てていた。

だが、俺にはそんな真似はできない。それを認めて、仲間と協力して計画を立てようとしていたのだった。プライドをかなぐり捨ててでも、この作戦を成功させたかった。

一週間後に俺たちは集まった。時刻は昼下がりの二時。いつものアパートの一室だ。

「金はあいつの庭の池に沈められていると思う。みんなはどう思う?」俺はメンバーの顔を見ながら尋ねた。

これは盗聴して「濡れないか」という畑山の言葉を聞いたときから、考えていたことだった。ただ確信が持てずにいた。国税庁のホームページには、過去に摘発した現金の隠し場所が写真つきで載せられていて、そこに池を隠し場所にしている者を摘発した例があった。その意味では、庭の池はありふれた隠し場所に思えて、はたしてそんな安直な隠し場所を選ぶだろうか、と思ったのだ。しかし、これまで集まった情報ではほかに有力な隠し場所は見つかっていなかった。

「水のなかに隠したのだとしたら、その可能性は高いでしょうね」トマリがいった。

「でも、ちょっと簡単すぎじゃないですか」瞳が、ミネラルウォーターのペットボトルを手に持って、いった。

「それじゃあ、瞳はどこにあると思うんだ？」

「畑山東二《とうじ》のクルーザーが怪しいと思います」

「それも考えられるな……」

畑山東二は、畑山夏生の弟で製材会社を経営している。彼が神奈川県逗子《ずし》にクルーザーを所有していることは聞いていた。弟との関係は良好で、夏生のために金を預かる可能性はあった。クルーザー付近に隠していても、「濡れる」という言葉はあてはまる。

「鬼山はどう思う？」

鬼山は疲れたような顔で俺を見た。

畑山の尾行をしていた鬼山は、この一週間でかなりの距離を移動していた。畑山は先日選挙区のある地元の山口まで新幹線で帰っていた。彼はそこについていっていたのだ。

「俺は、庭の池よりもクルーザーのほうが可能性が高いような気がしますね」

俺は驚いて鬼山を見た。彼の口からはこれまで、不満や注文は聞いたことがあったが、意見を聞くのははじめてだったからだ。

――クルーザーか。

「それじゃあ、鬼山は瞳と一緒にクルーザーを調べてくれ。俺とトマリは池を調べる。それでいいか？」

三人は頷いた。


三日後、俺は水中音響3Dスキャニングソナーを持って畑山邸に忍びこんでいた。三脚の上にスピーカーがついたような代物だ。それが三台。この機材を使えば音波の反射を使って水中の凸凹を感知し、三次元の点群データを計測できる。

海洋調査をおこなっている大学に忍びこんで持ってきたものだった。この調査が終われば、返すつもりだった。

このスキャニングソナーで得た情報は、ワイヤレスで畑山邸の近くに停めたヴァンのなかにあるモニターに送られていた。それをトマリが見ている。

昼間に忍びこんで目視したときは何もわからず、トマリの提案で水中音響3Dスキャニングソナーを使うことにしたのだった。

俺は小声でスマートフォンに話した。

「あと一台は、どこに沈めたらいい？」

〈二台から一番離れたところにしてください〉

「わかった」

スキャニングソナーをそっと沈める。

庭には灯りはなく、俺のスマートフォンの画面からの灯りがぼんやり池を照らしていた。池の大きさは、学校によくある二十五メートルプールの三分の一くらいだろうか。

トマリから返事が来るのを待った。

老政治家は、いまごろ『ストロベリー・フィールズ・フォーエバー』を聴いているのだろうか。ちょうど、そのぐらいの時間帯だった。

〈もう引きあげていいです〉トマリの声が聞こえた。

俺は池に手を入れて、スキャニングソナーを引きあげた。そのとき一匹の大きな赤い鯉が体を揺らしながら、俺から離れていくのが見えた。

BAKER 8

フランスへ行ってから三日後、僕は〈あまみやベーカリー〉に戻っていた。雨宮は何もいわなかった。淡々とした作業はいつもどおり、僕がいてもいなくても彼の焼くパンの量は変わらない。客が求める量を焼くだけだ。僕はそれを手伝う。僕が手伝うぶんだけ、彼の仕事は楽になるが、彼にとってそれはどうでもいいことのように見えた。晴れの日も雨の日も自分のするべきことをする農夫のような態度だ。

雨の日になると、八雲は何事もなかったようにやってきて、残ったパンを詰めて帰っていった。八雲は、フランスへ行ったことも太陽に会ったことも僕には話さなかった。僕もフランスへ行ったことを彼女に話さなかった。僕と八雲のあいだには、まるで太陽の存在が世界から消えてしまったかのようだった。

太陽から、日本に帰る、と電話があったのはフランスから帰って一ヶ月が過ぎたころだった。深夜零時ごろ、僕が寝ようとしていたときにかかってきた。フランスの時刻では午後四時だ。

太陽は話した。

〈打ち合わせのために日本に帰るだけだ。またすぐにフランスに戻る〉

「そうか……」

一時的ではあっても、太陽の顔が見られると思うだけで胸が高鳴った。帰国は一ヶ月後の予定だった。フランスへ行ったときには太陽には会っていない。太陽に会うのは半年ぶりになる。だが、まだ一緒に店ができるわけではない。太陽は店を開業する準備に帰ってくるだけだ。

〈そのときに店をどこにするか一緒に下見しよう。店のコンセプトもそろそろ詰めないといけないしな。俺はフランスでいろいろと考えが固まってきた。もちろん、お前も意見を出してくれよな。これは俺たちふたりの店なんだ〉

——俺たちふたりの店……。

〈それと、俺が帰るまでにお前にはしてもらいたいことがある〉

「パンの修業以外に、か?」僕は尋ねた。

〈そうだ。店を開くには、うまいパンが焼けるだけじゃ駄目なんだ。経営も理解する必要がある。俺は経営の経験があるが、お前にはない。だから起業セミナーを受けてほしい〉

「起業セミナー?」

〈千葉県の商工会議所が主催している起業家向けのセミナーがある。費用はかからない。四回のセミナーで事業計画書をつくるんだ。俺も前の店を開業したときは、そういうものに参加して事業計画書をつくった。お前が事業計画書をつくったら、俺の事業計画書とお前のをすり合わせよう〉

僕は、わかった、と応えて電話を切った。

さっそくインターネットで、太陽のいっていたセミナーを調べてみた。今度の日曜日から、一週間ごとに全四回開催されるようだった。場所は千葉市にある千葉商工会議所。ここから車で一時間ほどの距離の場所だ。時間は午前九時半から午後四時半まで。

第一回目　経営戦略セミナー。
第二回目　イメージを数値として捉えよう。マーケティングと売上げ戦略。
第三回目　計画を紙に書いてみよう。事業計画の作成。
第四回目　ビジネスプラン発表会。

なんだか大変そうだな、と思った。パンづくりに集中していて、正直あまり経営のことは考えてこなかった。

しかし、どれだけおいしいパンをつくれるようになっても、それを継続的に売る仕組みをつくらなければ意味がない。

大変だが、この道を進むなら、やるしかなかった。

商工会議所のホームページを読み終わったころに太陽からメールが届いた。

〈店の名前は、「ストロベリー・フィールズ」はどうだろう。いま、まだ店にいるんだけど、誰かが、ビートルズの『ストロベリー・フィールズ・フォーエバー』をかけたんだ。それを聞いてピンときた。お前はどう思う?〉

僕は、いいと思う、と返事を送った。

永遠に続くなら、なおいい。

BOSS 8

「それ、何の曲ですか?」

助手席から瞳が尋ねてきた。

「起きてたのか」俺はハンドルを握りながら助手席を見た。ほとんど無意識に鼻歌を歌っていた。

トヨタのタウンエースを運転して、夕陽を正面から浴びながら新東名高速道路を西走しているところだった。目的地は山口県山口市。畑山の実家がある場所だ。

結局、東京の畑山邸の池では金は見つからなかった。スキャニングソナーの調査でも異変は見つからず、昼間に侵入してカメラを沈めてもみたが、それでも見つからなかった。弟のクルーザーも同じだった。鬼山と瞳はクルーザーのなかに入って捜索し、クルーザーの下をスキューバダイビングで調べることまでしたが、成果はなかった。

そこで、チームで話し合った結果、山口にある実家の酒屋が怪しいのではないかという話になった。酒蔵にある、酒樽のなかに隠したのではないかというのだ。これは鬼山の考えだった。鬼山は、畑山を尾行しているときにその酒蔵を訪れていた。

確かに、酒樽のなかで金が「濡れないか」と心配した可能性はある。ただ、酒樽は酒蔵では大切にされているはずだ。そんな場所に金を隠すだろうかという懸念もある。

しかし、ほかに目ぼしい場所はもうなかった。最後の賭けのつもりで、俺たちは山口に向かっていたのだった。ここまでに費やした日数はかなりのものになる。これで空振りなら、チームには大きな痛手になる。

十時間のドライブ。交代で運転する予定だった。最初に二時間、鬼山が運転し、いまは俺が運転する番だった。

「ビートルズの曲だ。『ストロベリー・フィールズ・フォーエバー』。知ってるか？」俺は瞳にいった。

「曲名は聞いたことがあるような気がしますけど」

瞳はうしろで寝ている鬼山とトマリを気にしてか、俺に敬語を使っていた。俺と瞳がつき合っていたことは鬼山とトマリは知らない。

「畑山の家を盗聴していたとき、畑山が毎日夜中に聴いていたんだ」

「へえ。ストロベリー・フィールズってどういう意味なんですか?」

「さあな。イギリスの地名なんじゃないかな。そこまでは知らない」

瞳が静かになってスマートフォンを触っていたが、しばらくして、

「ジョン・レノンが子供のころに、近所にあった孤児院の名前みたいです」といった。

インターネットで調べたようだった。

それからも瞳がスマートフォンでずっと何かを熱心に読みふけっていた。

しばらくして、

「この曲って、おもしろいですね。テンポとキーも、使用している楽器も違う、ふたつのテイクの前半と後半を繋ぎ合わせて一曲にしたみたいです」

「よくわからないな。どういう意味だ?」

「同じ曲なんですけど、別の日に演奏したテイクを繋いだんです。ジョン・レノンが、気に入ったのは、ある日のテイクの前半と、別の日のテイクの後半だったから、それを繋いだんだそうです。テンポが違ってたからエンジニアはかなり大変だったらしいですよ」

「テンポが違うのに、繋がるのか?」

「なんでも、前半のほうは少しずつテンポをあげていって、後半のほうはテンポをさげて繋げた

みたいです。音の流れを合わせたんですね」

――流れを合わせて、ふたつのものをひとつにする……。

どこかで似たような話を聞いたことがあったような気がしたが、それがどこだったのか、思いだせなかった。


山口市に着いたときには深夜二時をまわっていた。いま運転は鬼山がしていた。交代で運転したせいか疲労はそれほどなかった。

〈畑山酒造〉の前をとおり過ぎる。大きな酒蔵だった。外観は写真を見て知っていたが、実際に目の前にすると、黒っぽい木でつくられたその外壁には歴史が持つ威圧感があり、想像以上に大きく感じられた。

蔵は、市内の目抜きどおりから一本筋を外れた場所にあった。商店が立ち並ぶその筋には、もう開いている店はなく、ところどころに立つ街灯がぼんやりと、とおりを照らしているだけだった。人どおりはまったくない。

交差点では信号が赤く点滅していた。

「ここでいいですか?」鬼山が尋ねた。

〈畑山酒造〉を過ぎてひとつ目の角を曲がったところだった。

「ああ、このあたりでいい」俺はいった。

鬼山がタウンエースを路肩に寄せて停め、俺とトマリと瞳は車をおりた。鬼山は車に乗ったまま、この近くを走り、俺たちを迎えにくる役目だった。

三人は歩いて〈畑山酒造〉に向かった。

俺は肩を大きくまわした。ほかのふたりも首を捻ったり腰を触ったりしていた。長時間のドライブで身体じゅうが凝っていた。

〈畑山酒造〉の近くまで歩いて来たとき、夜空に白いふたつの塔が立っているのが見えた。そのふたつの塔は同じ高さで近くの丘に建てられた建物から伸びているようだった。

「何、見てるんですか?」瞳が小声で尋ねてきた。

「あの二本の塔だ。あれは工場かな?」

BAKER 9

「いや、工場じゃない。サビエル記念聖堂の塔というらしい。このあたりは高い建物がないからランドマークになっているそうだ」

助手席にいる太陽が、スマートフォンで調べたことを僕に話した。

「行ってみるか」僕がいうと、

「そうだな」太陽が答えた。

僕はハンドルを操作して角を曲がり、そのほうに車を向けた。

僕と太陽は、太陽の友人の店を訪れるために、山口県山口市に来ていた。その友人が、父親の介護のため、店をやめることになり、その店を売りに出していた。僕たちは、その店を買うことを検討するためにここまで来ていたのだった。

店を訪れる前に山口市を少し観光しようということになった。

ふたりは別々のルートで山口に来ていた。僕は千葉から新幹線で新山口へ、太陽はフランスから関西国際空港でおりて新山口。新山口駅で待ち合わせて、駅前でレンタカーを借りたのだった。まだ太陽の友人との待ち合わせまで時間があった。

ホンダの赤いフィットのハンドルをまわした。消防署の横を曲がって、緩やかな斜面をのぼっていく。右にカーブしてのぼりきった先にその建物はあった。

白い三角錐の屋根が印象的な美しい建物だった。全体が白で統一されている。正面には緑が眩しい芝生が敷き詰められていた。

屋根が建物全体を覆う不思議な構造の建物だった。建物の中央に大きな十字架が掛けられていた。こんな建物をいままでに見たことがなかった。そのうしろに白い塔が二本伸びている。

建物の前は駐車場になっていた。ふたりで車をおりて、建物を見あげた。

「綺麗だな」太陽がいった。

僕は頷いた。

空に向かって伸びる、二本の白い塔が陽光をきらきらと反射して輝いていた。

あの二本の塔は、何を意味しているのだろう、と思った。

山口市に住んでいる神沼冬馬《かみぬまとうま》は、五十代の落ちついた物腰の男だった。長髪で痩せ型。静かな話し方をする。グレーの着物の上に白いエプロンをつけたその姿は、パン職人というよりも陶芸家のように見えた。店では米麹《こめこうじ》を使って天然酵母のパンをつくっているとのことだった。米麹は酒づくりに使われるものだ。

「太陽君に使ってもらったら、この店もきっと喜ぶよ」神沼は爽やかな笑顔でいった。

「いい店だな」

太陽が壁を改造してつくられた石窯《いしがま》を覗きこんだ。この店は坂道の途中にある店だった。正面から見ると斜めに傾いた地面にまっすぐに建物が建っている。

「錠二はどう思う?」太陽が僕を見た。

「すごくいいと思う」

正直な感想だった。

神沼はこの店を愛情をこめて使っていたに違いない。築二十年になる店だが、新築といってもとおりそうなほど綺麗だった。

気候もよさそうだと思った。いまは春なのでどこも過ごしやすいだろうが、聞くところによると、瀬戸内のこのあたりは雪もほとんど降らず、台風の被害もないとのことだった。

僕と太陽がここでパンをつくる——。

実際にパン屋にいるとその実感が湧いてきて、それだけで心が弾んだ。まだパンづくりの腕前はそれほど上達しているとはいい難かったが、感触はかなり摑めていた。

僕は店に漂う香りを思いきり吸ってみた。

この香ばしい香りも好きだ。この香りに包まれて働けるなんて幸せなことに違いない。

「少し考えさせてほしい」太陽は神沼にいった。

「もちろんだ。大事な決断だからな。時間をかけてしっかり考えてほしい」

「ほかにもこの店を買いたがっている者はいるのか?」

「何人かはいる。だけど、太陽君のような情熱を持った人に使ってもらいたいと思っているんだ。だから、君の決定を待つよ」

「ありがとう」

太陽は神沼と握手した。ふたりは以前、東京の同じ店で働いたことがある仲間だった。

僕も神沼と握手した。

大きく温かい手だった。

BOSS 9

暗いとおりを歩いて〈畑山酒造〉の前まで来ると、まず瞳が防犯設備を探った。蔵に近づいていき、スマートフォンで灯りをつけながら、あちこちを見ている。少し歩くと角があり、そこから蔵の裏側に行くことができた。瞳は蔵の裏側も入念に調べていた。

「防犯設備は何もないようです」瞳がいった。

大物政治家の実家だったが、このあたりは、よほど治安のいい地域なのかもしれなかった。

俺たちは蔵の裏側から入ることにした。そこに通用口がある。アルミのドアで従業員が使用するようなところだ。瞳が見張りに立ち、周囲に誰もいないことを確認して、俺がそのドアを開錠した。十秒もかからなかった。

俺とトマリのふたりが店内に入った。

店内に入ると、すぐに日本酒の甘い香りが鼻孔をくすぐった。うっすらとした灯りがある。俺を先頭に歩く。どこかで機械音が、ぶーん、と低く唸《うな》っている。

間取りは、トマリが手に入れた図面を見てわかっていた。この酒造には大きなホーローのタンクが四つある。ステンレスの小さなタンクを含めるとその数はさらに多くなる。

まずはホーローの大きなタンクを確認しようと思っていた。今回の目的は、金があるか調査することだった。金を確認したら、気づかれないようにとりだす方法を考えて、あしたそれを実行する。

作業場を突きあたりまで進んだところで左に曲がると、分析室に入る。その奥まで行き、また左に曲がると圧搾室がある。そこを抜けて、タンク室に入った。

酒の香りがいっそう強くなる。

部屋の四隅にそれぞれひとつ大きなホーローのタンクが設置されていた。天井にあるＬＥＤの照明が青い光を放っていた。

照明の下に立ち、トマリを見た。もともと蒼白い顔をした男だが、感情がまったく見えないマネキン人形のように見えた。眼鏡のレンズも青く染まっている。

「どこから調べたらいい？」俺はトマリに尋ねた。

トマリはぐるりと身体を回転させて、四基のタンクを見まわした。

「どれからでもいいですよ」

俺は持ってきたビニール袋から棒をとりだした。伸縮するステンレスの棒でその先に、アイスホッケーで使うパックのような機器をとりつける。これはトマリがつくったものだ。醪《もろみ》のなかでは音響3Dスキャニングソナーはうまく使えないことがわかり、今回特別につくったものだった。

酒造りを妨害するつもりはなかったので、清潔なつくりになっている。入念に消毒して持ってきた。悪人でなければ害を与えないのがこのチームのルールだ。もし、ここに金が隠されていなければこの酒蔵に罪はない。

俺は右隅のタンクに立てかけてある梯子《はしご》にのぼった。タンクの上には木製の蓋が置かれている。蓋をずらして、そこにパック型の機器を入れた。この機器は、醪のなかでも音を反射させて異物を発見できる。とはいっても3Dスキャニングソナーほど精緻《せいち》な情報は得られない。そのため、ほかのタンクのデータと照らし合わせなければならなかった。

「もういいです」ノートパソコンを見ながらトマリがいった。

醪のなかから棒を引き抜き、もうひとつのタンクへ向かう。棒を清潔な布でよく拭い、消毒してからもうひとつの樽で同じことをした。

四基目の樽を調べているときだった。

スマートフォンがバイブレーションした。見ると、店の外で見張りについている瞳からだった。

「どうした？」俺は尋ねた。

〈警察です〉瞳が緊張した声でいった。

「警察が来たのか？」

〈いますぐに逃げてください〉

――どうして警察が来るような事態になったのか？

だが、いまはそんなことを考えている場合ではなかった。

「表と裏と、どっちから逃げればいい？」

〈どちらにも警察がいます〉

――どちらにも？

どうすればいいんだ？

BAKER 10

「ほかにも行きたいところがあるんだ」

神沼の店を出たあと、太陽が僕を連れていった先も、またパン屋だった。

レンタカーのフィットでその店に乗りつけた。神沼の店から十分ほど車を走らせたところにある店だった。

「この店は前から来てみたかったんだ」

車からおりながら、太陽はいった。

「よく山口県のパン屋なんか、知ってるな？」

「日本だけじゃない。俺は世界じゅうのおいしいパン屋を調べてるんだ」

僕は、感心するとともに、一種の恐ろしさのようなものを感じた。この男は何かをすると決めたら、徹底してする。それは盗みでもパンづくりでも同じだった。

店は平屋の木造建築で、温かみのある外見だった。出入口の横に大きな黒板があり、メニューが書かれていた。

ふたりで店に入ると、ハード系のパンが多く置かれてあった。ハード系は外側が固めに焼いてあるパンのことだ。

僕は、くるみ入りライ麦パンと、生ハムとブルーチーズのカンパーニュサンドを買い、太陽は、レーズンの入ったビスコッティと、ガトーバスクを買った。

グーグルマップで調べると、近くに「維新公園」という公園が見つかり、そこで食べようという話になった。途中のコンビニで飲み物を買って、公園に向かった。

大きな公園で、中央にサッカーグラウンドぐらいの広さの芝生が植えられている場所が見つかった。芝生を囲むように木が植えられ、木陰にベンチが置かれている。僕たちはひとつのベンチに腰をおろした。

目の前の芝生では、三人の大学生らしき女の子たちが三人でバドミントンをしている。遠くで少年たちがサッカーをしている姿も見える。五歳くらいのふたりの子供が空手の演武をして、それをスマートフォンで撮影している父親らしき人の姿もあった。

パンはどれもうまかった。味をみるために僕たちは互いのパンを千切って渡して食べた。

「このカンパーニュは、焼き加減が絶妙だな」太陽がいった。

〝カンパーニュ〟は小麦粉、塩、水だけでつくられるシンプルなパンだ。それだけに焼く人の技量が問われる。ごまかしは利かない。

「そうだな」僕も同意した。

まだ僕の技術ではここまでのパンを焼くことはできない。小麦粉の味が見事に引きだされていた。歯ごたえもよく、生ハムも新鮮でおいしい。

「さてと」

太陽が食べ終わり、手についたパンくずを払い落しながらいった。

「そろそろ、お前の事業計画書を見せてもらおうか」

僕は頷き、鞄のなかから起業セミナーで作成した八枚の事業計画書をとりだした。太陽は手をジーンズで拭ってから、僕の事業計画書を受けとった。

僕は、熱心に事業計画書を読む太陽の横顔を見つめた。自分なりに精一杯書いたつもりだったし、起業セミナーに来ていた経営コンサルタントに目をとおしてもらっていたが、太陽がこれをどう見るか不安だった。

最後まで読み終わって、太陽が顔を向けた。

「よく書けてる」

その言葉を聞いて、僕はどれだけ嬉しかっただろう。頭のなかで、太陽と一緒に働く様子を何度も思い浮かべて書きあげたものだった。その夢に一歩近づけたのだ。

どれだけ有名な経営コンサルタントが認めても、太陽が認めてくれなくてはまったく意味がなかった。

「客単価もよく考えてある。店内で飲食できるスペースをつくるのもいい案だな。経営面はしっかり考えられていると思う。でも精神的な面が書かれてないな」

「精神的な面？　どういう意味だ？」

「俺たちの店をつくる意義といったらいいかな。世界じゅうにパン屋はごまんとある。新しいパン屋はきょうも世界のどこかでつくられていく。これまでにも無数にあった。そのなかで俺たちが新しくパン屋をつくる意味だよ」

「どうかな……」

――太陽と一緒にいるためだ。

そう思ったが、太陽が求めている答えは、僕の答えとは違うことはわかっていた。

「幸せな人を増やすためかな」僕はいった。

これは、トゥールーズで、〈ベル・タン〉を見たときに感じたことだった。あの店を訪れて帰っていく者たちは皆幸せそうに見えた。

「いい答えだな」太陽は芝生を見ながらいった。

「君はどうなんだ?」僕は尋ねた。

太陽はしばらく芝生の上でくつろぐ人々を眺めていた。バドミントンをしていた女の子たちはいまは座って話しこんでいる。

「俺は人の記憶に残る店をつくりたい」

「記憶?」

太陽が芝生を触りながら頷く。

「どれだけうまいパンを焼いても、それを食べるのはひとりだ。何人かでわけられるパンもあるが、その一口は、たったひとりのものだ。パンは、映画や小説や陶芸品のように残ることはないだけど、そのおいしさの記憶はその人の心のなかで一生残る。それはそのパンを食べた人だけのものだ。俺は、記憶に残るほどおいしいパンを焼いて、記憶に残る店をつくりたい」

「記憶に残る店、〈ストロベリー・フィールズ〉か。いいじゃないか」

僕はあの店で、ふたりでエプロンをつけてパンを焼いている姿を想像した。

「それじゃあ、あの店を買うか?」太陽が僕を見た。

「もう店を買うのか?」僕は驚いた。

きょうはまだ候補の店舗のひとつを見るだけだとばかり思っていた。

「買うといったって、すぐに店をはじめるわけじゃないさ。あんなに設備の整った居抜き物件はそうそうないからな。神沼さんは、大事に使っていたから窯も使い勝手がいい。だから、先に確保しておくんだ。あと半年かな。それぐらいあったら、お前の腕もある程度の形になるだろう。それから先は一緒に働きながら学べばいい」

僕は頷いた。

「それなら賛成だ」

太陽が眩しいほどの笑顔になった。

BOSS 10

「逃げ道はないのか？」

青いＬＥＤの光のなかで、俺はトマリに尋ねた。ふたりは〈畑山酒造〉の奥にあるタンクの前にいた。

トマリは慌てた様子でノートパソコンを鞄に仕舞いながら答えた。

「二階の窓から、逃げられるかもしれません」

「よし、行くぞ」

ソナーのついた装置をそのままタンクに残して、俺たちは階段に向かった。階段を逃げ道に使うことは想定していなかったため、トマリに指示してもらわなければならなかった。まさか、調査に来た段階で警察に踏みこまれるなんて思ってもみなかった。

「その棚を右です」トマリがうしろからいった。

まだ警察はこの建物に入ってきていないようだった。物音は聞こえない。

俺は酒瓶の並べられた棚を右に曲がって走った。通路の先に、床まで届くほど長い紫色の暖簾が見えた。

「この先です」トマリが声をかけた。

暖簾を捲《まく》ると、左にのぼる木製の急な階段があった。階段を駆けあがる。

のぼりきった先に、休憩室のような部屋があった。ドアは開け放たれていて、なかには誰もいない。左側は倉庫として使われているようだった。右にある短い通路の先にはトイレが見える。

俺は休憩室に入った。その部屋に窓が見えたからだ。昔ふうの小さな窓で、真鍮《しんちゅう》のネジ式の鍵がついていた。それをまわして窓を開ける。

そのとき、一階で物音がした。それから駆けてくる足音。

「警察が来たぞ」

俺はいい、窓から身体を出した。窓の下に小さな庇があり、そこに乗ると、隣家の屋根に飛び移れそうだった。

誰かが階段をのぼってくる足音が聞こえる。

一刻の猶予もなかった。

俺は跳んで隣家の屋根の上に乗った。音はほとんどしなかった。トマリはパソコンの入った鞄を抱えながら、危なっかしそうに跳び移った。瓦が、がちゃんと音を立て、トマリが態勢を崩した。

俺は手を出して、トマリの身体を摑んだ。彼が大きな息を吐くのがわかった。

酒蔵から離れたため、足音は聞こえなくなったが、すぐにでも警察がやってくるのは間違いない。

隣家の屋根をのぼる。この先は見えない。

まだ逃げ切れるかどうかわからなかった。このあたりは古い街並みが続くが、ずっと跳び移れる屋根があるとはかぎらない。

屋根の一番上まで行くと、その隣の家が洋風の三階建ての建物であることがわかった。コンクリートの壁が聳《そび》えている。第一空挺団で鍛えた俺なら、二階の窓の下の出っ張った部分に跳びつくことができると思ったが、トマリには無理だ。

屋根の下を見ると、小さなスペースが見える。俺が先にここに跳びおりて、トマリを受けとめれば、ふたりで逃げられるかもしれない。距離は五メートルか。

「俺が先におりるから、鞄を落としたあとで、お前もおりろ」

トマリは下を見て、頭をぶるぶると振った。

「ぼ、ぼくには無理です」

「大丈夫だ。俺が受けとめる」

俺は屋根の縁に手をかけて、身体を下に落とした。手を離す。

音もなく、俺は着地した。

トマリに、鞄を先に落とすように手振りで示した。すぐに鞄が落ちてきた。それを受けとめる。トマリはまだ迷っていた。うしろを振り返り、また俺に視線を戻す。

俺は大きく手を振って手招きした。

――早くおりろ！

トマリの向こう側で音がした。警察が窓から出ようとしているのかもしれなかった。

トマリは俺がしたように屋根の縁に手をかけた。先に身体を落として、手を離した。俺はしっかりとトマリを受けとめた。

彼の耳元で囁く。

「急ごう」

警察は屋根に跳び移ったのだろうか。それとも一階に降りてから追ってくるだろうか。いずれにせよ、すぐに行動しなければならない。

おりた場所は古い商家のようだった。低い塀が建物を囲っている。西側の塀に木戸が見えた。鍵はなかった。木戸を開けて、顔だけを出す。

とおりに警察の姿は見えなかった。〈畑山酒造〉の通用口の前にも人はいない。

ふたりで静かに木戸を出た。〈畑山酒造〉とは逆方向に走る。

角まで着くと、トマリに囁いた。

「別々の道を行こう」

トマリが頷いた。

これは俺たちのチームのルールだった。途中でアクシデントが起こったとき、それぞれが別の方向へ単独で逃げて、東京のアパートで集まる。

俺は北へ、トマリは南へ走った。

追ってくる者はいなかった。


東京へ戻るためには、電車に乗る必要があったが最寄り駅へは行かなかった。警察が見張っている可能性があるからだ。スマートフォンを見ながら、夜の山口市をＪＲ山口線に沿って歩いた。歩きながら、どうしてこんな事態になったのかを考えた。

畑山に気づかれたのだろうか？

しかし、何度も畑山邸に潜入していたが、ミスは犯していないはずだ。それなのに警察はなぜ気づいたのだろうか？

それとも〈畑山酒造〉には防犯設備があり、警備会社が気づいて警察に連絡がいったのだろうか？

その可能性はあったが、瞳がこれまで防犯システムを見破れなかったことはない。今回にかぎって見破れなかったなんてことがあり得るだろうか？

一番可能性が高いのは、鬼山が裏切ったという線だった。あいつが警察に通報した可能性はじゅうぶんにあり得る。最近はチームに貢献しているように見えたが、陰で裏切っていたのかもしれない。

それでも、瞳にも連絡がとれないのは妙だった。一緒に逃げたトマリとも連絡がとれなくなっていた。

仁保《にほ》駅に着いたときには日がのぼっていた。始発電車に乗って島根県の益田《ますだ》駅に向かった。益田駅から山陰線に乗り換えて鈍行で岡山まで行くつもりだった。そこから新幹線で東京に向かう。

それにしても、どうして仲間と連絡がとれないんだ？

第三章

BAKER 1

無事に〈ストロベリー・フィールズ〉は開店した。

神沼の物件は太陽の理想と合った居抜き物件で、機材もそのまま譲ってもらったので、工事する必要はほとんどなかった。外看板を新しくし、壁色を塗り替え、新調したのはドアぐらいだった。

店全体が白で統一されている。

太陽がメニューを考え、僕は店のインテリアを考えた。かつて太陽が出していた店を僕はイメージした。

明るく、爽やかなイメージだ。見るだけで誰もが心和む内装を目指した。はじめて僕が考えた内装のイメージ画を見せたときの太陽の顔は忘れられない。

「すごくいいじゃないか！」太陽は目を輝かせて、いった。

そのイメージ画は、インテリアデザイナーが僕のイメージをもとに色鉛筆で描いたものだったが、まるで絵本のなかの一ページに見えた。

この店を譲ってくれた神沼に、パン屋になったら、パンに飽きて家でパンを食べなくなるぞ、といわれたが、僕は太陽のパンに飽きる日が来るとはとても思えなかった。太陽のつくるパンはいつだって最高だった。

彼は、まるで魔法が使えるかのようにおいしいパンをつくるが、彼が魔法を使っていないのは近くで見ている僕が一番よく知っていた。

太陽は修業していたフランスだけでなく、イタリア、スペイン、ウクライナなどヨーロッパ各地のパン屋を訪れてパンづくりの技術を吸収していた。そのあいだに大量のメモを書き、多くの写真を撮り、またそれらすべてを自分の手で焼いて確かめてもいた。

僕は、かつて彼が盗みを完璧にプロデュースできた理由がわかった気がした。ずっと何か特別な秘密があるのだとばかり思っていたが、そうではなかった。彼は誰にも負けないほど膨大な時間をかけて準備していたのだ。

この店では、太陽は地元の山口で手に入る材料を組み合わせて新しいメニューを考案していた。そして、ついに開店の日を迎えると、朝五時から行列ができた。神沼が閉店する際に、次にこの店に入る者はパンづくりの達人だからよろしくお願いします、とキャンペーンを張っていてくれたおかげだった。

太陽の友人であり、もと仕事仲間だった神沼は、お世辞ではなく、ほんとうに太陽の焼くパンが好きだったようで、その気持ちが神沼の客にも伝わっていた。

近くの主婦や学生、サラリーマン、老人、あらゆる人々が買いにきてくれた。もともと神沼の店自体の評判がよく、ファンの多かった神沼が宣伝してくれた効果は絶大だった。

一番人気は、クロワッサンだった。太陽のつくるクロワッサンは、一般のものの一・五倍の大きさがあり、山口県産の小麦、「せときらら」と発酵バターを使い、長時間発酵して焼いたものだ。サクサクの食感で小麦の甘みがおいしい。二番人気は、萩市産の夏みかんをピールにした、ショコラ・エ・オランジュだ。表面と中身にチョコレートがあり、甘みと夏みかんの苦みと香りがある。ほかにも宇部市小野地区の「小野茶」を使ったティーブランも人気だった。

僕のつくったパンもメニューにあった。ハムとチーズとレタスのバゲットサンドウィッチだ。仕込みのとき、〝まかない〟で出したものを太陽が気に入って採用したのだった。昼時には予想以上によく売れた。

開店当初は、寝る時間がないほど忙しかった。

太陽は多くの客を前にして張りきっていたが、神沼がハードルをかなり高くあげたせいで、僕は期待に沿えるものがつくれなかったら、一気に客が離れてしまうかもしれないと思うと怖かった。

僕の不安をよそに、日増しに新規の客は増えていった。

パンづくり以外の仕事は僕が担当だった。開店当初は、PRの仕方をいろいろ考え、そこで貢献するつもりだったが、想像以上に客が来てくれたため、する必要がなくなっていた。ここで新たに宣伝してもパンを買えない客を増やすだけだった。多めに仕込んでも昼までには主なパンは売り切れてしまうような状態が続いていたのだ。

もう少し多くパンをつくったほうがいいのはわかっていたが、そこまでの時間がとれなかった。それにできるかぎり、ロスは出したくなかった。

メニューにあるパンをつくるだけでも大変だったが、太陽が週に一度は新しいパンを開発することをこの店のルールにしていたことも、忙しさの原因のひとつだった。そこには僕も参加できた。僕と太陽がそれぞれにパンを開発し、よくできたほうのパンが採用されるのだ。

僕はビートルズのジョン・レノンとポール・マッカートニーの関係を思いだしていた。あのふたりは競い合うようにして数々の名作を世に送りだしてきた。僕と太陽も、そんな関係になれればいいと夢見たが、いつも採用されるのは太陽の新作だった。

それに不満があったわけではない。実際、太陽のつくるパンのほうがおいしいことは明らかだった。太陽は、世界じゅうのパンを研究し、見たこともないような実験的なパンをつくり、それを日本人の口に合うように変えてしまうのだ。とても勝てるはずがなかった。

太陽はひとりで、ビートルズのジョンとポールとジョージ・ハリスンとリンゴ・スターを担当しているようなものだった。毎週、奇蹟のようなパンをつくりだしている。

それでも太陽は、僕に新しいパンをつくり続けるように勧めた。

新しいものをつくろうと格闘することこそが上達への道なのだと。そのことで既存のレシピの素晴らしさが理解できるようになる、と。

休みはなく、学ぶことは多く、振り返ることができないほど忙しい日々を送っていたが、僕は幸せだった。これほど充実した時間を送ったのは人生ではじめてのことだといってもいいだろう。「やりがい」という言葉があるが、それよりも、「生きがい」を感じていた。盗みをして、悪人を罰していたときとは違う喜びを感じていた。誰かを幸せな気持ちにする喜びだ。

パンづくりがうまくいかなくて悩むことも多かったし、はじめての経営でつまずくこともあったが、パンを買いに来る人が笑顔になるとそれらは簡単に吹き飛んだ。

からん、ころん、とドアのベルが鳴った。

見ると、常連のお客だった。小柄な老女。僕を見ると、にこりと頭をさげた。

「いらっしゃいませ」

この人は、いつもフリルのついたエプロンをつけてやってくる。車で来ているわけではないので、近所の人なのだろう。笑顔でパンを選ぶ姿がかわいらしく、大好きなお客のひとりだった。しかし、この時間に来るのは珍しい。

時刻は午後三時五十二分。あと八分もすれば店を閉めるところだった。表に出ているパンは残り少ない。ハード系のパンとマフィンが数種。いつも売れ残ってしまうクランベリー入りのライ麦パンもあった。このライ麦パンは売れないのではなく、よく売れて要望が多いため、ついつくり過ぎてしまうのだった。残れば、自分たちで食べられる。

老女がトレーに山盛りにパンを載せてレジにやってきた。

「きょうは、たくさん買われるんですね」

いつもは総菜パンを一個か二個買うぐらいなのに、その日は、八つものパンがトレーに載せられていた。

会計を伝えると、老女は赤いがま口の財布から折り畳まれた千円札を二枚出しながら話した。

「孫が来てるんだよ。この店のパンはおいしいから、どうしても食べさせたくてね」

「ありがとうございます」僕はお釣りを老女に手渡した。

「いや、お世辞じゃなくてね。ほんとうにおいしいんだよ」

老女は小銭を財布に仕舞った。

「じつはね、あたしも昔はパン屋をやっていてね。だから、おいしいパンはわかるんだよ」

「へえ、そうなんですか。このあたりですか?」

「いや、ずっと西のほうだけどね。あのころはパン屋をしてるのが、いやでいやで仕方なかったね。朝は早いし、休みはないし」

僕は苦笑した。

「そうですね。簡単な仕事じゃないですね」

「ほんとうはね、パン屋なんかしたくなかったんだよ。あたしの主人がね。もともとは勤め人だったのに、急にパン屋をやるっていうから、しょうがなしにね、一緒にやることになったんだ。それなのに、十年くらい一緒に働いたあと、先にぽっくり死んじゃうんだから参ったよ。それで、どうしようかと思ったんだけど、店もあるし、お客さんもついてたからね。仕方なくあたしひとりで続けたんだよ。二十年だよ、二十年。手伝ってもらう人もいたけど、まあ、それでも大変だったね」

老女は何かを思いだすかのように店内を見まわした。

孫が来ていることがよほど嬉しいのか、饒舌《じょうぜつ》だった。それにしても、話してみると、人それぞれいろいろな人生があるものだ。この人は、口ではパン屋をするのがいやだったといっているが、パン屋を愛していることは表情から伝わってくる。夫が亡くなったあとも、その店は老女のものであり続けた。その店は、老女が大切にしたいものだったのだ。

「そうだ。もうひとり、ここで働いている人がいるよね」

「ええ、ふたりで経営してるんです」

「ふたりだと心強いね」

「そうですね」

ふたり――確かにそうだ。ひとりではこんなことは、とてもできなかった。ふたりだからこそ、ここまでこれたのだ。

まだ道のりは長いが、一歩一歩確実に歩いていきたい。

ふたりで――。

俺はひとりで考えていた。何が起こったのかまったくわからなかった。東京のチームで借りているアパートには誰も戻ってこなかった。

二日ほど待ったが、誰も何の連絡もよこさない。こちらから電話をかけても誰にも繋がらなかった。

俺以外の全員が警察に捕まってしまったというのだろうか？

そんなことがあり得るだろうか？　だとしたら、このアパートも危険なはずだったが、ここには警察は来ていない。

彼らが警察に話さなかったのかもしれないが、それでも納得できなかった。

――いったい、何が起こったんだ？

何が起こったのかを知るためには、メンバーに話を聞くしかなかったが、連絡手段の途絶えた状態で、彼らを捜しだすことは困難だった。

メンバーのなかで俺が住所を知っていたのは瞳だけだったが、彼女はあの日以来、自分のマンションに戻っていなかった。彼女が行きそうな場所を捜しまわったが、そこでも見つけることはできなかった。

昔、警察に勤めていた知り合いに、彼らが警察に捕まっていないかを調べてもらったが、警察には捕まっていないこともわかった。

では、どこに？

何かのトラブルに巻きこまれてしまったのか？

チームのうち三人が巻きこまれるトラブルとは何だ？


俺は金を使って、探偵を雇うことにした。個人で捜すには限界を感じたからだった。

「三人の人間を捜せばいいんですね」

探偵の男はいった。

朝塚《あさづか》という名の男だった。五十歳をいくらか超えているだろうか。太い黒縁の眼鏡を掛け、薄い青色のスーツを着て、学校の教員のような風采だった。東京都府中《ふちゅう》市にある探偵事務所の所長だった。

知り合いから、人捜しなら、この探偵事務所がいいと薦められたのだった。

しかし、どれだけ優秀な探偵でも彼らを捜しだすのは難しいかもしれないと思った。写真もない、名前も本名かどうかわからない。年齢は正しいと思うが確証はない。電話番号はすでに使えなくなっていて、ＳＮＳのたぐいもやっていたかどうか知らない。そう考えると彼らと俺との繋がりはじつに薄いものだったのだとわかる。皆、太陽を通じて知り合った者たちだった。

朝塚は、似顔絵を描きます、といい、俺に質問しながら三人の顔を描いていった。経験があるのだろう。器用に、特徴を捉えた絵を描いた。

「一番使えそうなのは、前に繋がっていた携帯の番号ですね。これを辿れば身元がわかるかもしれません」朝塚はいった。

一週間後、朝塚に呼ばれて府中市の探偵事務所に向かった。ビルの五階にあがっていくと、受付の女性に指示されて、奥の個室に入った。しばらく待つと、朝塚が前回とまったく同じスーツを着て現れた。手には幾枚かの紙を持っている。

「結論からいいますと、三人とも見つかりませんでした。ただ、トマリさんだけは、携帯から実家の住所まで追うことができました。彼の実家は、栃木県にあります。これが住所です」

朝塚が一枚のA4の紙を俺に渡した。

そこには、トマリの本籍地、彼が通った小学校、中学校、高校、大学の名前が卒業年とともに載っていた。本名は泊徹《とまりとおる》で、大学は、筑波技術大学を卒業とあった。

「もうひとり、鬼山さんも本籍地と経歴がわかりました。こちらは、もとレーサーだった線から追ってみました」

もう一枚渡され、そこに鬼山の経歴が書かれていた。彼のフルネームは、鬼山武《たけし》だった。F3のレーサーをしていたが、チーム内で揉めて辞めさせられたということが書かれてあった。両親は見つかっておらず、実家の住所はわからなかったようだ。

「島袋さんは、まったく情報が出てきませんでした。警備会社に勤めていたということで調べてみたんですが、ああいう方面は個人情報の管理が厳しくて難しいですね。こちらは時間をかけても情報は得られないかもしれません」

よく調べられてあるが、肝心の現在の居場所がわからなければ、まるで意味はなかった。

いったい、彼らはどこに消えてしまったのか……。

BAKER 2

店をはじめて一年が過ぎた。

僕は、自分が歩んでいる人生の道筋がはっきりと見えるような気がした。こんな感覚はこれまで生きてきて、はじめてのことだった。一年後、二年後――十年後の自分まで見えるように思えた。

パン職人の道だ。

僕のパンづくりの腕前は、かなり上達していた。

何もこれは僕の思いこみだけではない。毎週の新作づくりでも太陽が僕のパンを採用してくれることが多くなっていたし、僕がつくったパンをおいしいといってくれる客も増えていたのだ。

僕は太陽と切磋琢磨《せっさたくま》して働く日々が楽しくて仕方なかった。こんな日々が永遠に続いてくれたらいいのに、と心の底から思っていた。

そんなある日、〈ストロベリー・フィールズ〉の駐車場に黒塗りの大型乗用車が入ってきた。

午前十時過ぎ、朝の忙しさが一段落したところだった。駐車場にはほかに車はなかった。売り場にいるのは、僕だけだった。太陽は奥の厨房であしたの仕込みをしていた。

この時間帯に来る客は珍しく、客が停める車のなかでも見たことがない車だったので、どんな人が出てくるのだろう、と思っていると、そこから出てきたのは、知っている男だった。

神沼冬馬——この店を譲ってくれた人だ。店を買うときだけでなく、開店前も改装中もずいぶん世話になった。神沼は損得勘定なしで、この店の開店に手を貸してくれた。性格は穏やかで、パン職人の腕は一流。どうやって育てば、こんなに穏やかな人間になるのかと不思議に思うほどだった。五十代でパン職人を辞めるのはもったいないと思ったが、父親の介護があるからといって、パン職人の道を諦めたのだった。

神沼は、店の外からガラス越しに、僕を見つけると、笑顔で手を振った。きょうは白いセーターとジーンズというラフな服装だった。

助手席から、もうひとり出てきた。老人だった。ツイードのジャケットを着ている。車をおりると、背筋を伸ばし、神沼と言葉を交わしていた。

白髪の、気難しそうな顔をした老人だった。その顔はどこかで見たことがあるような気がしたが、思いだせなかった。

神沼が老人を伴って、店のドアに近づいてくる。老人は腰に手をあて、店の外観をしきりに眺めていた。とくに看板をしげしげと見つめている。

「二岡さん、お久しぶりです」神沼が店に入ってきて、いった。

「こちらこそ。お元気でしたか?」

「ええ、元気ですよ。ああ、もうほとんどなくなってますね」神沼がパンの陳列台を見ながら、いった。「すごく評判がいいみたいで、僕も嬉しいですよ」

「ありがとうございます」

老人のほうはパンには見向きもせず、むすっとした顔つきで店の壁を見まわしていた。

「ああ、こっちは僕の父です」神沼が僕の視線に気づいて、老人を紹介した。

老人が僕を見て、口角を微かにあげた。慣れた様子で右手を差しだす。

「畑山夏生です。どうぞ、よろしく」

押しの強い声でいい、律儀に腰を折って頭をさげた。

「ああ、僕は、二岡錠二と申します……」

いきなり名乗られて、僕は動揺した。

「父さん、もうそんな堅苦しい挨拶なんかしなくていいんだよ。もう政治家じゃないんだから」

——政治家?

その言葉を聞いて思いだした。

畑山夏生——かつて閣僚も務めたことのある大物の政治家だ。前回の選挙で無所属から出馬し落選して、引退したとは聞いていたが、地元の山口に戻っていたのか。ここ最近はパンの開業で忙しくて、世間のニュースにはほとんど関心を払っていなかった。

それにしても、畑山夏生は、神沼の父親?

BOSS 2

俺はメンバーの捜索を続けていた。盗みをすることはなかった。あのチームが俺のすべてだったのだ。チームを守るために俺はすべてを捧げていた。そのチームが一瞬にしてなくなってしまったのだ。その理由もわからない。あのとき、何が起こったのかわからなければ、前に進むことはできなかった。

探偵を使って知ったトマリの実家に張りこむこともしたが情報は得られなかった。

日本で開催されるモーター・レースの会場をまわることもした。鬼山が自動車レースを観戦すると聞いていたからだ。しかし、彼の姿を見つけることもできなかった。

島袋瞳が、いつか北海道の田舎に住みたい、といっていたのを思いだして、三ヶ月かけて北海道をまわってもみたが、たったひとりの人間を、それも偽名かもしれない女性を捜しだすことはできなかった。

ようやくメンバーを見つけたのは、フランスだった。

見つけるまでに一年を費やしていた。

場所は、マルセイユ近郊のル・キャステレ村。

俺は国内での捜索を諦め、外国をまわるようになっていた。バーレーン、イタリア、ベルギー、ハンガリー、スペイン。これらの国々は、F3レースの開催国だ。

鬼山がわざわざ海外にまでF3のレースを観に行ったと聞いたことがあり、ひょっとしたらと思い、最後の望みを託してF3のレースをまわっていたのだった。

フランスのポール・リカール・サーキットに来て、サーキットのまわりにできている屋台の前を歩いてるとき、屋台で何かを買っている鬼山を見つけたのだった。

鬼山は、オレンジ色にARTAと書かれたキャップを目深に被っていた。身体にぴったりの黄色いTシャツにジーンズ。ほかの仲間は見えなかった。鬼山はひとりで来ているようだった。

彼は、サンドウィッチを食べながら、慣れた様子でぶらぶらと屋台を見ていた。その歩きぶりからすると、ここへ来るのは、はじめてではないように見えた。

気づかれないように鬼山のあとをつけた。彼はホームストレート前の真ん中の観客席に行き、そこでレースを観戦した。

テレビでF1のレースを少し観たことがあったが、F3ではF1ほど観客はいないようだった。地元のファンらしき人たちが来ているだけで、観客席は三分の一も埋まっていなかった。

レースのはじまる前にフランス国歌が流れ、何人かのフランス人が立ちあがって歌いはじめた。

俺は鬼山から右斜め後方の席に座り、彼を観察していた。彼は片足をあげて座り、ゆったりとピットを眺めていた。

ここで彼を捕まえて話を聞くよりも、あとをつけてもう少し様子を探ろうと思った。

レースが終わると、鬼山はサーキットにおりていき、熱心にメカニックたちが働いている姿を見物していた。誰かと話したりもしている。知り合いもいるようだった。

小一時間もそんなことをしていただろうか。観客たちはほとんどいなくなり、サーキット場にいるレース関係者も帰りはじめたころ、鬼山はようやくサーキットからあがってきて、どこかに向かって歩きはじめた。俺は距離をとってあとをつけた。

駐車場に車を停めているようだった。乗りこんだ車は、赤いフェラーリだった。派手な車だ。あとをつけやすい。

俺のほうは、そこから少し離れた場所にシルバーのプリウスを停めていた。マルセイユ・サン・シャルル駅で借りたレンタカーだ。駐車場には、ほとんど車が停まっていなかったが、鬼山が警戒している様子はまったくなかった。

鬼山の次にその駐車場で動きだした車が俺のプリウスだった。てっきり鬼山は、空港のあるマルセイユに向かうだろうと思っていたが、コート・ダジュールの方角に向かっていた。カーナビによると、高速道路であるオートルートA8を走っている。

すぐに尾行の仕方を後悔することになった。鬼山の車を追いかけるなら、先に鬼山が運転する車にGPSの発信装置をつけておくべきだった。鬼山はこの道をよく知っているようで、直線に入ると——時速二百キロ近くは出していただろう——あっというまに見えなくなってしまった。もちろん、俺も速度をあげたが、追いつくことはできなかった。慣れない道で、しかもプリウスではあんなに速度を出すことはできなかったのだ。

結局、鬼山を見失ってしまった。この道路を走ったあと、鬼山がどこに向かうのかもわからなかった。

地図を見ると、この先にはコート・ダジュール空港がある。距離からすると、マルセイユ・プロヴァンス空港のほうが近いのだが。

空港で見つけられるかもしれない、と思い、最後の望みを託して、コート・ダジュール空港で張りこむことにした。

このレンタカーはフランス国内の主要な駅で返すことができる。ニース・サントーギュスタン駅で車を返却し、電車で空港に向かった。

空港の出入口で最終便まで待ち続けたが、鬼山を見つけることはできなかった。その日は、空港近くのホテルに泊った。

翌日は朝から空港の前で張りこんだが、その日も空振りに終わり、結局、俺は翌日に日本に帰ることにした。


次戦のF3の開催地はイギリスのシルバーストーンになる。鬼山がそこに行くのかはわからなかったが、ほかに手がかりはなく、俺はイギリスに行くことにした。成田空港からロンドンのヒースロー空港へ行き、そこからレンタカーでシルバーストーンに向かった。

成果はあった。

レース初日に、シルバーストーン・サーキットの駐車場で、赤いフェラーリに乗っている鬼山を見つけることができたのだ。その日はキャップは被っておらず、サングラスを掛けていた。

前回の二の舞にならないようにすぐに彼に近寄った。まだレース前の早い時間だったので駐車場には人の姿は見えなかった。俺はナイフをとりだすと車からおりた直後の鬼山の背中にナイフを押しつけた。

「久しぶりだな。鬼山」

鬼山は黒いジャンパーを着ていた。まったく油断していたようで、飛びあがるほど驚いていた。

「ボス……」鬼山は俺の顔を見ると、身体を硬直させた。

「俺が何を聞きたいのか、わかるよな」

そのとき、後部座席から赤ん坊の泣き声が聞こえてきて、ぎょっとした。

見ると、そこに赤ん坊を抱いた女性がいた。

俺の知っている女性だった。

BAKER 3

「神沼さん！　いらっしゃい」

神沼の声が聞こえたのか、太陽が奥から出てきた。

太陽が現れると、老政治家が太陽に近づいていった。

「君が吉田太陽君かね？」

「ええ、そうですけど……」

神沼がふたりのそばにいって、畑山に太陽を紹介した。

太陽が驚いた声を出した。

「え、あの、畑山議員ですか？　すいません。すぐに気がつかなくて」

神沼が顔を振る。「いいんですよ。もう議員じゃないんだし。それよりも、父がこの店の名前を気に入って、どうしてこの名前をつけたのか、つけた本人に直接聞きたいってうるさいから、連れてきたんです」

畑山が神沼を睨みつけた。

「うるさい、とはなんだ。それが親に向かっていう言葉か！」

「はい、はい、わかりました」かつて閣僚を務めていただけあって、畑山は迫力のあるものいいだったが、神沼は一向に気にする様子もなく、慣れた様子で返事していた。

神沼は太陽を見て、

「太陽君、まあ、そういうことだから、父さんにちょっと話をしてもらえますか？」

「まあ、いいですけど、こんなところじゃなんですし、奥へどうぞ」

太陽が畑山を連れて奥へ向かった。この店の奥にある応接室へ連れていくのだろう。

僕もそちらへ行こうとしたが、神沼がそれを止めた。

「人が多くなると、話が長くなりますから、ここで待っていましょう」

「わかりました」神沼は父親の扱いをよく知っているのだろう。奥から畑山の朗々とした声が響いていた。話を聞きたいといっていたはずなのに、ずっと畑山のほうが話し続けているようだ。

売り場には、僕と神沼が残った。

「聞いていいですか？　お父さんは、神沼さんと苗字が違いますよね。どうしてですか？」僕は神沼に尋ねた。

「ああ、それは、僕が嫁さんのところに婿養子に入ったからですよ。苗字を変えたかったものでね。都会じゃわからないかもしれないけど、田舎じゃ政治家の身内はいろいろと大変なんですよ。とくに『畑山』の名前で生きていくのは」

「ふーん」

僕にはよくわからない理由だったが、そういうこともあるのかもしれないと思った。畑山夏生は全国でも知られた政治家だ。そんな人の息子ともなると、外側から見ているだけではわからない苦労をしてきたのかもしれなかった。

「お父さんの跡を継いで政治家になろうと思ったことはないんですか？」

神沼が顔を顰めて首を振った。

「滅相もない。僕はそんなタイプじゃありませんしね。どんなものでも向いている人と向いていない人がいるでしょ。僕はパンがつくりたかったんです」

「……へぇ」

その気持ちはわかるような気がした。どれだけ努力しても、向いていない仕事はあるものだ。

「お父さんの介護でこの店をやめるって話でしたけど、あの、お父さんのことですか？」僕は尋ねた。

「ええ、そうです。見てのとおり元気で、介護ってほどのものじゃないんですけどね。でも、あの父でしょ。ひとりにしておくと、まわりが大変ですからね。あれでも、このあいだの選挙で落選してから、すっかり意気消沈していましてね。記憶のほうもかなり怪しくなってますから、誰かがついていないといけないんです。なぜか、昔のことだけはよく覚えているんですけどね。あのとおり、性格は昔のままで我儘《わがまま》ですから、誰も近くに寄りたがらなくて、それで僕が世話をすることにしたんです」

——権力を失ったもと権力者か。

確かに、中身が同じままなら、まわりは扱いにくいかもしれない。

神沼はそれからも畑山の近況を話し続けた。

畑山のもうひとりの息子は、家に引きこもっていて一歩も外に出ず、畑山の妻はその子にかかりっきりで畑山にはまったく関心を持っていないらしかった。

「政治家ってのは変な仕事ですよ。当選し続けているうちは、それこそ毎日のように誰かが近づいてくるんですけど、引退したとたん、ぴたっとそれがなくなるんです。父に多少の記憶障害があることも理由なんでしょうけど、それにしても、その差たるや、ものすごいものですよ。皆自分の顔を覚えてもらって、何かしらの便宜をはかってもらうためだけに近寄ってきてたんでしょうね。覚える力はなくなっても、ずっと父は同じ人間なんですけどね。少なくとも、僕にとって父は、子供のころから、まったく同じ人間ですよ。我儘で、強引で、話が長い」

僕は笑った。

話が長い、という言葉をおもしろく感じたのだ。いまごろ、太陽は、一対一で畑山の演説を聞いているのかもしれなかった。どんな顔をして聞いているのだろう。

奥から聞こえてくる話からすると、畑山は自分がかつてイギリスに留学していたころの話をしているようだった。

なるほど、長い話になりそうだった。一代記でも話すつもりなのだろうか。

「お父さんは、この店の名前に興味があったんですか?」

「そうみたいです。父に、僕が店をやめたことを伝えても、それがどうした、ぐらいしかいわなかったのに、新しい店が『ストロベリー・フィールズ』という名前になるというと、なぜだか急に興味を持ちはじめましてね。あの名前をつけたのは、ここのオーナーのひとりの吉田太陽君だって話したら、ぜひとも会いたいっていうんです。会ってどうするというわけでもないんでしょうけど、一度いいだすと、聞かない人ですから」

畑山夏生といえば、かつて東京地検特捜部が調べていたという噂を聞いたことがあり、いろいろと問題のある政治家だというイメージがあったが、神沼の話を聞いていると、かなり印象は異なっていた。

どんな人物であれ、別のフィルターをとおして見ると、印象は異なるものだろう。どれがほんとうの姿なのかは、おそらく誰にもわからない。

きっと、自分自身でもわからないのかもしれなかった。

もう一度、店の奥に視線をやった。

太陽が神妙な顔をして、あの老人の話を聞いているのかと思うと、笑いがこみあげてきた。

BOSS 3

ふたりは怯えるように俺を見ていた。

「あのとき、何が起こったのか、すべて話すから、ナイフは仕舞って」

フェラーリの後部座席にいたのは、もうひとりの仲間——島袋瞳だった。

彼女は赤ん坊を抱いていた。このフェラーリは四人乗りで、後部座席のもうひとつにはチャイルドシートが備えつけられていた。

車内には、本革の香りとベビーパウダーの匂いが充満していた。以前、鬼山が漂わせていた煙草の臭いは、そこにはなかった。

俺は助手席に乗りこみ、ナイフを仕舞った。完全に鬼山と瞳を信じたわけではなかったが、怯えた鬼山の顔を見るかぎり、危険はないように思えた。それに彼らには赤ん坊がいる。赤ん坊がいるそばで馬鹿な真似はしないだろう。

「ほんとうは、畑山の酒蔵に、あなたとトマリさんがいたとき、警察は来ていなかったの」瞳がいった。

「来ていなかった?」

赤ん坊が泣きはじめて、しばらく瞳は赤ん坊を揺らしてあやさなければならなかった。

俺は鬼山を見た。

「ふたりの子供なのか?」

鬼山は頷いた。

近くで見ると、鬼山の顔はずいぶんやつれているように見えた。頰がこけ、以前にはなかった皺が目じりにできている。

「いつから、つき合っていたんだ?」俺は尋ねた。

「あの酒蔵から金を盗んでからよ」瞳が後部座席から答えた。

「盗んだ? 俺たちは盗まなかったじゃないか」

「そうじゃないわ。あなたが逃げてから、わたしたちは盗んだのよ。あなたとトマリさんが酒樽のなかに金があるのか調べたでしょ。あのとき、金はあそこにあったのよ。七千万と少し。あなたが予想したとおりにね。それを確認して、警察が来たように見せかけたの。トマリさんはあなたに嘘をついたのよ。あなたが逃げたあとで、わたしたちはそれを盗んだの。お金は三等分したわ。わたしと鬼山さんとトマリさんとでね」

「……どうして、そんなことをしたんだ?」

「あなたから逃げるためよ。あのチームからね」

――チームから逃げる?

鬼山が続きを話した。

「俺たちは、もううんざりだったんだよ。あんたが求める完璧なチームなんてできるわけがない。あれは、太陽さんがいたから、できたことなんだ。あんたが一生懸命だったことは知ってるよ。だけど、あんたは太陽さんじゃない。あの人が特別だったことはあんたもよく知ってるだろ。どれだけあんたが努力しても、太陽さんにはなれない。チーム全体で力を合わせたって無理だ。太陽さんがいなきゃ、あのチームはできないんだよ」

俺は呆然と鬼山を見つめた。

また赤ん坊が泣きはじめていたが、俺の頭には、かつて太陽にいわれた言葉が響いていた。

――チームの鎹《ひび》はお前だ。

太陽は、俺を殺そうとしたとき、そういった。太陽のいった言葉はほんとうだったのだ。俺が、このチームの鎹だった。太陽がいたときも、いなくなったあとも……。

「わたしたちは、いまフランスで暮らしてるの」瞳が赤ん坊をあやしながらいった。

「どうしてフランスに来たんだ？」

「日本から離れたかったし、鬼山さんがフランスならヨーロッパのレースを見るのに便利だからって」

「もう盗みはしてないのか？」

「ふたりとも真面目に働いてるのよ」少し顔を赤らめながら瞳はいった。「わたしは育休でいまは働いてないけど、鬼山さんはウーバーの運転手をしてるの。すべてアプリで済ませられるから、言葉がわからなくてもいいしね」

「そうか……」

まったく想像していないことだった。鬼山と瞳が一緒に暮らし、子供までつくっていたなんて……。

「トマリは何をしてるんだ？」

瞳が答えた。

「アメリカに行くっていってた。カリフォルニアでＩＴ企業に就職するって」

「あいつ、英語が話せたのか？」

「まずは英語を勉強するそうよ。日本じゃ、あなたが捜してるかもしれないから危険だからね」

「……わかった」

俺はいった。その声は自分の声だったが、まったく自分の声のようには聞こえなかった。俺の心のなかの、どこか遠いところから発せられている別の人間の声のように感じた。

「わかったって、何を？」瞳が尋ねた。

「お前たちはお前たちで勝手に生きろ。俺は俺で生きる」

そういってドアを開けた。ふたりは何もいわなかった。助手席から外に出る。

ドアを閉じ、そして、彼らとの関係も閉じた。

彼らにとっては、俺のいない世界のほうが幸せなのだ。これで俺の世界の一部がまた消えた。

太陽も、太陽と一緒につくったチームも。結局、俺は太陽の遺志を継ぐことができなかった。

これから、どうやって生きていけばいいのか、まったくわからなかった。

BAKER 4

地元の商工会議所の知り合いが店にやってきた。客として何度か来てくれたことはあったが、昼前に来ることははじめてだった。

「立山《たてやま》さん、こんにちは」僕は声をかけた。

立山は二十代後半の男だった。眼鏡を掛け、四角い顔をして、いかにも生真面目そうな風貌をしている。確定申告の書類の書き方を指導してもらっていたので、その件かと思ったが違っていた。

「じつはですね――」

立山は、僕たちに支店を出してみないかという話を持ってきたのだった。

「いい場所があるんですよ」

その店は、山口市内の湯田温泉《ゆだおんせん》近くのパン屋で、跡継ぎがいないのでどうするか困っているのだそうだ。厨房の設備などもまだじゅうぶんに使える状態で、居酒屋としてなら、すぐに買い手がつくだろうが、店主はできればパン屋をする人に売りたいとの話だった。

その日は、太陽は休みで、僕と従業員ひとりが店にいる状態だった。

「別の日にきてもらってもいいですか?」僕はいった。

「もちろんですよ。いつがいいですか?」

「あしたなら、僕ともうひとりの経営者が店にいるので。できれば午後三時ぐらいがいいですね。その時間帯だと店が落ちついていますから」

それじゃあ、そのときにまた来ます、といい、立山は帰っていった。


次の日、立山がその店の写真と資料を見せてくれた。

僕と太陽は店内の奥の応接室でこの写真を見ていた。ここは従業員が食事できるスペースになっていて、木目のある大きな一枚板の長テーブルがひとつ置いてある。座っている椅子は丸太を模したものだ。僕の正面に立山が座り、僕の隣には太陽が腰をおろしていた。

「確かによさそうですね」僕はいった。

写真に写っている店の前は何度かとおったことがある。ここから車で三十分くらいだろうか。湯田の温泉街に面して、そのとおりには旅館や居酒屋など飲食店が並び、観光客もよくとおる場所だった。

いかにも昔ながらのパン屋といった感じで、いつか行ってみようと思いながら行けていなかった店だった。

「なかなかいい話ですけど、この店で手一杯ですよ」僕は立山にいった。

「だけど、この店にはパン職人がふたりいるんだから、従業員を雇ったら、できそうじゃないですか。すごく繁盛してるから、支店を手がかりにしてフランチャイズをはじめることも考えられますよ」

まあ、そうかもしれませんが、というしかなかった。

実際、そういう話はよく持ちかけられるようになっていた。僕のパンづくりの腕は確実にあがっていたし、優秀な従業員を雇えば、ひとりで〈ストロベリー・フィールズ〉の味を再現することもできたかもしれない。

——でも……。

太陽を見ると、ぼんやりと何か別のことを考えているようだった。

「太陽はどう思う？」僕は太陽に顔を向けた。

「え？　いいんじゃないか。この店もどっちかひとりいたら、まわるようになってきたからな」

「だけど、また一から店をつくらなきゃならないんだぞ」

「一からじゃないだろう。厨房も器具も揃ってるんだから。湯田温泉は観光客も多いから、この店よりも売上げは見込めるかもしれない。それに、お前のパンづくりの腕は、かなりよくなっている。従業員を雇えば、お前ひとりでもやっていけるよ」

「……」

僕は、無言で太陽を見つめた。

まだ僕は太陽と一緒に働きたかった。

返事はもう少し考えさせてください、といい、立山には帰ってもらった。

立山が店を出ると、僕は太陽をまっすぐに見た。

「僕たちは記憶に残る店をつくるんだろ。利益が目的じゃないはずだ。僕ひとりでも、店はまわせるかもしれないけど、まだ完璧じゃない。新しい店でパンをつくったら、それはどうしても僕の味になってしまう。太陽と僕が一緒につくる味じゃない」

太陽が少し驚いた顔をして僕を見た。

「考えすぎだよ。お前の味になってもいいじゃないか」

「それじゃあ、駄目だ。僕は、君と僕がつくるこの店の味を守りたいんだ。ふたりの店の味を」

「……ふたりの店の味か。そうだな。大切にしたいよな」

太陽はそういったが、僕は太陽の「完璧」に対する拘《こだわ》りが少しずつ薄れてきているように感じていた。支店の話に賛成しているのもそのひとつだ。

あれほど硬かった情熱の石が、削られるように徐々に小さくなっていたのだ。

原因はわかっていた。

あの女だ。

BOSS 4

不思議な女だった。空き地をぼうっと眺めている。

そこには何もない。更地になった場所が一区画あるだけだった。三年前までは空き店舗が残っていたが、解体されていまは何も残っていない。向こう側には背の高さがまばらな住宅が並んでいた。

フランスから戻って半年が過ぎるころだった。

ここは、かつて太陽が経営していたパン屋、〈エクリプス〉があった店だった。場所は東京都練馬区になる。太陽がこの世界からいなくなって以来、俺はたびたびここに来ていた。太陽が数年前ここで働いていた姿を思い浮かべるのが好きだった。太陽が情熱を注いでいた場所だ。白いコック帽を被って働いていたのだろうか、どんな接客をしていたのだろうか——そんなことを考えるのが楽しかった。

彼が昔のことを話すことは少なかったが、パン屋で働いているころの話をする太陽はいつも輝いて見えた。きっと楽しかったのだろうと思う。そんな姿を想像したくてここに来るのだった。

その日、俺がこの場所へ来ると、先客がいた。何もない空間を熱心に見つめている女が。ショートカットで、ボーイッシュな印象の女性だった。歳は二十代半ばぐらいだろうか。薄紫のタートルネックのセーターに黒の膝丈スカートという恰好だった。

これまで会ったことはない女性だったが、この空き地を見つめる姿に、なぜかシンパシーを感じて、思わず声をかけていた。

「ここにあった店をご存知ですか?」

「え?」

女性がこちらを向いた。目と口が大きい顔だった。突然、話しかけられて、驚いたように、口をあんぐりと開けて、俺を見た。

「あ、すいません。あまり熱心に見ているから、ここにあった店を知っているのかと思って」

「知ってます！」女ははっきりとした口調でいった。

続けて、

「あなたもご存知なんですか？　ここで働いていた人がいまどこにいるか、知っていますか？」

急にまくし立てられて、俺は固まった。

――何なんだ……。

「〈エクリプス〉のことですか？」俺はいった。

「そうです。ここで働いていた人――吉田太陽さんが、いまどこにいるかわかりますか？」

――太陽……。

黙って女を見つめていると、女がいった。

「わたしは、雨宮八雲といいます。吉田太陽さんを捜しているんです。もし、ご存知でしたら、教えてください」

雨宮は縋《すが》りつくような目で、俺を見た。


俺と雨宮は、近くの喫茶店に行くことにした。最初は太陽のことを知らないふりをしようかと思ったが、いきなり太陽の名前を出されて、驚いた顔を見られた以上、知らないとはいえなかった。それに、俺自身、彼女が太陽とどういう関係なのか知りたい気持ちもあった。

それで、場所を移して話をすることにしたのだった。

「俺は、太陽の友達のひとりで、かつては親しかったんですけど、いまは疎遠になってしまって、連絡はとってないんです。彼の連絡先も知りません」

「そうですか……」

落胆したように雨宮が顔をテーブルに向けた。

「あなたは、太陽とどういう関係だったんですか?」俺は尋ねた。

雨宮が顔をあげた。

「わたしは……幼馴染といいますか……昔、近所に住んでいたんです」

幼馴染……。

歳は太陽より、若いように見えるが仲がよかったのだろうか?

雨宮が話を続けた。

「太陽さんが、パン屋をしていたとき、何度かお店にも行きました。お店がなくなってから、わたしも連絡がとれなくなってしまって……」

そのあとのことは俺がよく知っている。そのころ、太陽は俺と常に一緒に行動していた。

「どうして、太陽に連絡をとりたいんですか?」

雨宮が俺をじっと見つめた。

「わたし、もうすぐ結婚するんです」

「おめでとうございます。……でも、それと太陽とどういう関係があるんですか?」

「えっと……」いいにくそうに、雨宮は俯いた。「結婚する前に、もう一度、太陽さんと話がしたいな、と思いまして……」

「何の話をですか？」

雨宮は俯いたまま、黙ってしまった。

そのとき、気がついた。

この娘は、太陽のことが好きだったんだ、と。

雨宮がふいに俺に視線を投げてきた。

「あなたはどうして、あの場所にいたんですか？　もうお店はなくなっているのに」

「俺は……」

——もう一度、会いたくて……。

会えるはずがないことは俺が一番よく知っている。俺がこの手で彼をこの世界から葬ったのだから。

今度は俺が俯く番だった。

「俺は、ただ懐かしいな、と思って……」

「そうですか」

雨宮は、コーヒーカップを持ちあげて、冷めたコーヒーを口に運んだ。

「太陽さんは、いまどこでどうしてるんでしょうね」

「さあ……」

もちろん俺は知っていた。

太陽は、もうこの世界にはいない。

太陽は厨房でパン生地を捏ねていた。その姿は、毎日見る姿と同じように見えるだろうが、僕には明らかに違って見えた。心ここにあらずのように見えたのだ。太陽をずっと近くで見てきた僕にだけわかることだった。

原因は、あの女だ。

名前は、月浦洋子《つきうらようこ》。

彼女がはじめて店にやってきたのは、閉店間際の午後四時少し前だった。

「まだ、大丈夫ですか?」

「大丈夫ですよ」

そのとき、応対したのは僕だった。太陽は奥で新作づくりにとり組んでいた。

黒のワンピースを着て、肩までかかる長いストレートの髪を持ち、細身の体型。年齢は三十代半ばだろうか。爽やかな笑顔で、棚に残っていたパン・ド・ロデヴとフォカッチャを選んだ。

「これはどうやって食べるのがお勧めですか?」

彼女がパンをトレーに載せて、レジまで持ってきて尋ねた。

「そっちの四角いパンはディップかジャムをつけて食べるのがお勧めです」僕はパン・ド・ロデヴを指差した。

「もうひとつのほうは、トーストして、オリーブオイルをつけるとおいしいですよ」

月浦は微笑んだ。

「すごくおいしそう」

「ぜひ、試してみてください」

その日は、月浦は僕とだけ話して帰っていった。

彼女は翌日も来て、そのときは太陽が応対した。

月浦は、前日食べたパンを絶賛していた。太陽は月浦が気に入ったようで、長いあいだ話していた。

その日以来、太陽は月浦が来るたびに話しこむようになった。月浦は、どういうわけか、太陽がレジに立っているときにかぎってやってくる。それも閉店間際、ほかの客がいないときに。来るたびに話しこむ時間が長くなっているようだった。

そんなことが数週間続いた。

そのあいだに僕の知らないことが起こっていた。

太陽が月浦と店の外で会っていることがわかったのだ。それも一度や二度ではない。太陽と月浦は何度もふたりだけで会っていたのだった。

日増しに、太陽のなかであの女の存在が大きくなっていることを僕は肌で感じていた。それに反比例して、パンに向けられる情熱が減っていることは間違いなかった。

毎週の新作パンづくりはおこなわれていたが、太陽がつくるパンには、以前のような実験的要素も挑戦的な試みもなくなっていた。従来のパンの焼き直しのような、少し手を加えて別の見かけにしているだけのような、明らかに手抜きと思われるようなものになっていたのだ。

毎週、新作のパンをつくることがどれだけ大変かはよくわかっている。僕自身もそれをおこなってきたからだ。新しいものをつくるためには、店のなかにいるだけでは駄目で、積極的に店を出て、考え、行動する時間が必要になってくる。絞りだすように頭のなかからアイデアを出して試作しても、そのほとんどが失敗作になる。暗闇のなかから微かな光を探しだす作業だ。

それを忙しい店を切り盛りしながらおこなうのは並大抵のことではなかった。アイデアを練ることも、材料を調達することも、時間がかかり、ひどく面倒な作業になる。太陽はそれをいままでやってきた。僕もそんな太陽についていこうと必死になっていた。

それなのに、その太陽が、急激に速度を落とし、堕落していく様を僕は見ていられなかった。

ある日、僕はついに爆発して、太陽を問い詰めた。

「僕たちの店はもう完成したのか？」

「完成？　どういう意味だ」太陽が戸惑った顔を向けた。

僕たちは久しぶりにふたりで朝の仕込みをしているところだった。もうすぐ日がのぼるころだ。最近は、アルバイトをさらに雇って、朝の仕込みには僕か太陽のどちらかひとりだけになることが多くなっていた。

「僕たちの店がもう完成したのかって意味だよ。『記憶に残る店』ができたのか」

「ああ」太陽は少し呆けた顔になった。こんな顔つきの太陽はいままで見たことがない。「そうだな。たくさんの人に覚えてもらってはいるだろうな」

「覚えてもらっている？　それが『記憶に残る』って意味なのか？　そうじゃないだろ。誰かの記憶に強烈に残って、その人の人生を変えてしまうようなパンをつくることが僕たちの目標だったんじゃないのか？」

太陽が少し面くらったような顔をした。

「まあ、そうだけど、それには時間がかかる。俺たちの店は、まだ二年だ。これから、もっと経験を積んでいく必要がある」

「時間なんて、どれだけあったって無意味に過ごしてたら、関係ない。こんなことをしてたら、あっという間に十年が過ぎ、二十年が過ぎてしまう」

「落ちつけよ、錠二。いったい、何がいいたいんだ？」

「君の最近のパンへの向き合い方だよ。明らかに熱がなくなってるだろ」

「そんなことはない」太陽はいった。

僕は首を振った。

「自分で一番よくわかってるはずだ。僕はあの女が原因だと思ってる」

「あの女？　洋子さんのことか？　彼女は俺のパンづくりには関係ない」

僕は太陽が、あの女を下の名前で呼んでいることに動揺した。

「関係あるさ。あの女のせいで、君がパンのことを考えられなくなってる。まだ僕たちの店が完成してないっていうのに。形ばかりじゃ意味がないって話してくれたのは、君だろ。店を構えて、たくさんお客がつくだけじゃ駄目なんだよ。僕たちの店をつくらないと」

太陽は、しばらく僕を見ていたが、ふっと視線を外すとパンの仕込みに戻っていった。


僕の言葉が効いたのだろうか、それから数週間の太陽の新作のパンは目を見張るほど素晴らしいものだった。やはり、太陽には、僕にはとても敵《かな》わないほどの才能があるのだ。

僕のパンづくりの技術もかなりあがっていたはずだった。しかし、太陽が本気を出せば、僕の積み重ねてきた技術がどれほど小さいものかを思い知ることになる。

それは僕にもわかっていたことだった。どれだけ僕が努力しても、太陽のようにはつくれない。僕にも、そこそこおいしいパンはつくれるだろう。誰もが褒めてくれるようなものは。だが、それでは、記憶に残るほどおいしいパンは生みだせない。

太陽のつくるパンは違う。〝何か〟が僕のつくるパンとは決定的に違うのだ。だからといって、彼の才能を羨んでいるわけではなかった。僕は嬉しかったのだ。

僕は、太陽の新作を食べて感動した。

サクランボの入ったパヴェのラスク、萩産の赤ウニをのせた生ドーナツ、山口県の地鶏を使った低糖質ブランパンのロールサンド……。どれもいままで食べたことのない食感で、絶品だった。また彼は、毎週奇跡を起こしてくれるようになったのだ。

しかし、太陽がまだ月浦と交際を続けていることはわかっていた。店のアルバイトの女の子が、太陽が長い黒髪の綺麗な人と一緒に歩いているところを見たと、わざわざ僕に話してくれることがあったからだ。

彼の情熱をパンづくりに向けさせることはできたが、太陽の気持ちを変えることは僕にはできなかった。


太陽がどれだけ月浦を信頼していても、僕にはどうしても彼女は胡散臭《うさん》く感じられた。月浦が、ある日、店に来て、太陽がいないことがあった。月浦はパンをいくつか選んでトレーに載せてレジのところまで持ってきた。そのとき、店に来ていた子供が、あとから来たのに、月浦の前に割りこんだ。小学三年生くらいの女の子だった。その子は、親が駐車場で待っていて、ひとりで買いに来ていたようだった。

僕は、女の子に、順番を待ってね、と伝えた。女の子は素直に月浦のうしろに並んだ。

そのとき、月浦が僕にウィンクした。

「倫理は大切ね」

——倫理？

その言葉は、僕にはひどく不気味に聞こえた。

無邪気な子供がマナーを知らなかったという、たかがそんなことを倫理違反だとでもいいたいのだろうか？　ウィンクしながら、それを伝えてきた姿に気味悪さを覚えた。

そのとき、はっきりとわかった。僕は、この女が嫌いだと。

俺は、グラスのなかの大きな氷が徐々に解けていくのをぼんやりと眺めていた。酒を注ぐたびに氷は小さくなっていく。どれだけ小さくなっても氷は換えなかった。この氷がなくなるのを見たかったのだ。

——俺と同じだ……。

フランスで鬼山と瞳に会ってから一年が過ぎるころ、俺は東京の西にあるバーで働くようになっていた。もともとこの店には、客として毎晩来ていたのだが、そのうちに店主と話すようになり、そんなに毎日来るなら、働いたらどうだと誘われた。

俺が客じゃなくなったら、そのぶん売上げが減って困るだろう、というと、毎晩暗い顔でカウンターでちびちび飲まれるよりマシだ、お前は見かけだけはいいから、なかでしゃんと立っていてくれたら、少しは客が入るかもしれないからな、と返された。

客に酒を売ってくれたら、飲みたいだけ飲んでいい、とまでいわれ、断る理由が見つからなかった。

実際、カウンターの外にいても、なかにいてもやっていることはほとんど変わらなかった。立っているか座っているか、ときどき人のために酒をつくるかつくらないか、の違いだけだ。

店主は、目ざとい人間のひとりなのだろう。こういう人間は、こういう使い方をすれば、役に立つということが考えられるタイプの男なのだ。俺とは違う。

店は、店主がいったように、俺がカウンターのなかに入ったほうが売上げがあがったようだった。

俺は自分からは話さないが、話しかけられれば、それなりに話を返す。飲み続けるが量は多くなく、酔っぱらうこともない。そういう人間がバーテンダーに向いているのかもしれなかった。

誰かと話をするのは悪い気分ではなかった。ひとりでいると、どうしても思考は暗いほうへ流れていく。だが、誰かと話していると、浮き輪に捕まって海を漂っているように思えて気分が落ちつく。どこにも陸は見えず、陸にあがることもできないが、沈むこともない。

あの女に出会ったのは、そんなときだった。

長い黒髪が印象的な女だった。鼻筋がすっととおっていて、切れ長の目をしている。白いワンピースを纏《まと》っていた。年齢は三十歳ぐらいだろうか。落ちつき具合は四十代で外見は二十代に見えたから、三十歳ぐらいだろうと見当をつけた。これまで嗅いだことのないような独特の甘い香りの香水をつけていた。

いつもひとりでやってきた。服装はその都度変わったが、いつも白い服だった。美しい女だった。しかし、その美しさには冷たさがあった。その冷たさの奥に秘めた情熱の炎のようなものが仄《ほの》めいていて、その炎にどこか懐かしい感じがした。

飲みに来て何度目かのときに、その情熱をなぜ懐かしいと感じるのかわかった。それは、かつて苦楽を共にした男と同じ情熱を持っていると気づいたからだった。

「わたしがこの店に来るのには目的があるの」女はいった。

「どんな目的ですか？」

「スカウトよ」

「……スカウトって何の仕事ですか？」

女が顎《あご》を手に載せ、微笑んだ。

「あなたが昔やっていた仕事よ」

――俺が昔していた仕事？

俺は、数秒、女を見つめた。

「俺が昔、何をしていたか、あなたは知らないでしょう」

「知ってるわ」女はいって、カティサークの入ったグラスを持ちあげて口をつけた。

「それじゃあ、何をしていたのか教えてください」

女は、コトンと音をさせてグラスをカウンターに置いた。店内には、ほかに三人の客がいたが、すでに酔っぱらい、酒を飲む気力も話をする気力もないようだった。有線のＢＧＭが流れていた。七〇年代のアメリカの曲だった。店長の好みだ。

「盗みよ」女はいった。「あなたは、鍵を開けるのが得意。太陽君は、計画を立てるのがうまかった。ほかにも何人か仲間がいたわね」

俺は息を詰めて、女を見た。体内のアルコールが一瞬で蒸発してしまったかのように頭がはっきりして、女の言葉を捉えていた。

――太陽君……。

「どうして、そんなことを知ってるんだ？」俺はグラスを置いて、女を見据えた。

女は落ちつき払った顔のまま答えた。

「同業者だからよ。あなたたちのことは心配してたのよ。急にいなくなるんだから。同時にあのころ同業者を襲ってた奴らもいなくなって助かったけどね」

――ジャッカルのことをいってるのか？

あれは太陽がしていたことだと、瞳は話していた。

女が続ける。

「どうしてるのかと思ったら、こんなところでお酒をつくっていたなんてね」

「……どうして、俺がこの店にいることを知ったんだ？」

「この仕事は情報が大切だからね。わたしはあちこちに目があるのよ」

俺はもう一度、この女をよく見た。

この女がオフィスで働いている姿は想像できない。かといって、盗みをしているといわれても、その様子を思い浮かべることはできなかった。得体のしれない人間に見えた。

「わたしは、人は誰もが芸術家だと思うの」女が話した。

俺は黙って女を見た。

「やがて、人は死ぬでしょ。死んでも世界は続いていく。死んだ人は忘れ去られていく。しばらく経てば、何事もなかったかのように世界はまわっていく。その人が死んだことが世界にとりこまれていくの。

人はそこに何か爪痕を残そうとして藻掻《もが》く。ある人は子孫を残すことに躍起《やっき》になったり、会社を残したり、記録であったり、自分のつくった作品であったりするのよね。それがわたしの場合は盗みなのよ。昔から得意だったし、おかしいと思われるかもしれないけど、これが誰にも負けないと思うことなのよ。だから、わたしは、それを極めるために完璧なチームをつくろうと思うの」

——完璧なチーム……。

かつて太陽もいっていた。完璧なチームをつくりたい、と。そして、俺も完璧なチームをつくろうとしていた。俺にはできなかったが。

「あなたのことは調べたわ。もと自衛隊員。第一空挺団で斥候を得意としていた。お父さんは錠前師で、あなたにもその技術があり、どんな鍵でも開けることができる。以前は太陽君と組んで最高の盗みのチームの一員だった。だけど、太陽君がいなくなって、あなたのチームは崩壊した。あなたがチームをまとめようとしたけど、失敗した。あなたは、どんな鍵でも開けられるけど、チームをまとめる力はなかった」

俺は呆然として女を見ていた。

どうやって調べたのだろうか？　俺が自衛隊にいたことも、太陽がいなくなったことも、俺のチームがなくなったことも……。

「だからね」女が微笑んだ。「わたしはあなたをスカウトしに来たの。まだあなたの腕が鈍っていなければね」

女の話を聞きながら、ずっと前、太陽から同じようにスカウトされたことを思いだしていた。

「あんたのチームには鍵を開けられる奴はいないのか?」

「いるけど、あなたほどの腕じゃない。いったでしょ。わたしは完璧なチームをつくりたいって。あなたが最後のピースなのよ」

「だけど……完璧なチームなんかつくってどうするんだ? そこに、何の意味があるんだ?」

「いったでしょ。芸術なのよ。これがわたしの表現手段」

「……あんたの名前は?」

「月浦洋子」女はいった。

BAKER 6

午前九時ぐらいだったろうと思う。オレンジ色のキャップを被り、サングラスをした男が客として来た。とくに意識して見ていたわけではない。そのとき接客していたのは、アルバイトの女子大学生だった。

僕はガラスの向こう側で作業していたが、店に現れたその男を見て、全身が凍りつく思いがした。

最初に思ったことは、鬼山に似ている、だった。

作業しながら、横目でちらちらと観察し、僕の疑惑は確信へと変わっていった。あの身体つき、背の高さ、歩き方……。間違いない。いま、店に来ている男は鬼山だ。

その男はベーグルと、そのほか二、三のパンを買うと出ていった。

彼が出ていったあと、僕はしばらく呆然として作業ができなくなった。そのとき太陽は店にはいなかった。彼の休みの日だった。

僕は、この突然の出来事に動揺しながら思った。

――どうして、鬼山がこの店に来たんだ……。


「ほんとうに鬼山に間違いないのか？」太陽は僕をまっすぐに見た。

僕は頷いた。

「間違いない」

僕自身、店に現れたあの男が鬼山でなければいいと、どれだけ思ったかしれない。僕の見間違いであってほしいと。だが、どれだけそう考えたところで事実は変えられなかった。あのあと、何度も思い返してみたが、あの男が鬼山であることの確信を深めただけだった。

僕は太陽の家に来ていた。〈ストロベリー・フィールズ〉から、車で十分のところにある一軒家だ。太陽はここにひとりで住んでいる。

太陽はエプロンをつけ、テーブルの前に座っていた。広めのテーブルで、太陽が家でもパンづくりができるように特別につくらせたものだ。いまテーブルには何も載っていなかった。小麦粉が右端に少しついているだけだ。

「どうする？」僕は尋ねた。

両肘をテーブルにつけ、眉間に親指をあて、太陽はしばらく何かを考えているようだった。

やがて、ゆっくりと顔をあげた。そこには、何の表情も浮かんでいなかった。

「もし、その男がほんとうに鬼山なら、奴が狙っているのはチームのプール金の一億円だろうな」

「あの金はどこにあるんだ？」僕は尋ねた。

それを管理しているのは太陽だった。店を開店する際にもその金は使っていない。

「安全なところに隠してある」

「それはどこなんだ？」

「ほんとうに知りたいのか？」

僕は首を振った。

「いや、知りたいわけじゃない。ただ心配なだけだ」

あの金がどこにあったとしても僕には関係なかった。店は順調に売上げをあげていたし、店を続けること以外に僕にしたいことはない。永遠に太陽と一緒に働くことが僕の夢なのだ。

「金が目的なら、あいつに渡してしまうのもいいかもしれない」僕はいった。

プール金をチームでわけるということは、僕たちがパン屋をすると決まったときにも考えたことだった。だが、そのときにはすでに鬼山やほかのメンバーとは連絡がつかなくなっていた。

太陽が厳しい目で僕を見た。

「それで済むとは思えない。いっときはそれで満足するかもしれないが、また金が必要になったら、俺たちを脅すかもしれない」

「脅すといっても、それはあいつにも危険なんじゃないのか。盗みをしたときは、あいつも一緒だったんだからな」

「だけど、あいつには守るべきものがない。俺たちには店がある。あいつとは立場が違う」

――ストロベリー・フィールズ……。

そうだ、僕たちには大切な店がある。守るべきものがあるのだ。

太陽が僕を見た。

「あいつが来たのは午前九時ぐらいだといってたな。だとしたら、きょう東京から来たわけじゃないな。この近くに泊っていた可能性がある。俺は、あした、仕事を休んで、奴を捜してみる」

「鬼山を見つけたら、どうするんだ?」

太陽は僕を見たが、何もいわなかった。

僕は太陽の目の奥に、かつての太陽を見た気がした。激しく、情熱的な太陽を。

BOSS 6

月浦の組織は、想像していたよりもずっと大きいものだったが、その人数はわからなかった。

二十人――いや、三十人ぐらいはいるだろうか。常に違う四、五人のメンバーと組まされて仕事をする。

俺は月浦の組織で働くようになっていた。もう酒を飲んで誰かに酒を注ぐ仕事にも飽きていた。かつて太陽と過ごしたような時間をもう一度過ごしたいと思ったからだった。月浦とならそんなことができるかもしれないと思ったのだった。

太陽と一緒にいたころに持っていた炎は完全に消えてしまったと思っていたが、まだ少しは心に残っていたようだった。

組織のメンバーとは仕事に関すること以外はほとんど話をしなかった。皆、互いを信用せず、そして月浦を恐れていた。月浦は、常にチームを監視し、仕事をしくじった者や、裏切った者を厳しく処分する。

はじめて仕事をしたとき、俺が組んだ相手は、二十歳ぐらいの男と、三十代の男がふたり、それと五十代くらいの男だった。年齢は声から推測するしかなかった。皆覆面を被った状態で会うからだ。集合場所に覆面を被って集合するのが、この組織のルールだった。盗みをするあいだ、それを脱ぐことはなかった。

それぞれ、アルファ、ベータ、ガンマ、デルタ、イプシロン、ゼータと名乗っていた。本名は使わず、コードネームを使う。

ある仕事でアルファと呼ばれる者が別の仕事ではイプシロンと呼ばれることもあった。コードネームを決めるのは月浦だった。アルファがチームのリーダーになる。そのアルファに命令を出すのが月浦だった。

ある豪邸に盗みに入ったあとのことだった。ひとりの男がチームから逃げだした。その男はそのとき、イプシロンと呼ばれていた。

俺はベータと呼ばれ、ドアの鍵および金庫の鍵を開ける役目だった。この邸はその日、無人だった。

俺と一緒に家のなかに入ったのはガンマとイプシロンで、ふたりは金を運ぶことを命じられていた。

金庫に入っていたのは金の延べ棒で、運びだすのはかなりの重労働だった。百本近い延べ棒が隠されていて、ふたりだけで運ぶのは難しく、俺も持ちだすことを手伝った。

家の正面に停めた黒のベンツの後部座席に延べ棒の入った革の鞄をふたつ入れた。運転席に座っていたのは、このチームのリーダーであるアルファだった。車の運転をするため、この男だけは目出し帽を被っていない。

「イプシロンはどこに行った？」アルファが運転席から尋ねた。

「もうすぐ来るはずだ」ガンマがいった。

俺もそう思っていた。ガンマと俺が先に歩き、それぞれ重い鞄を持って邸から出た。イプシロンはもう少し軽い鞄を持って、あとからついてきていたはずだった。

邸の玄関ドアは開けたままになっていた。このあたりは住宅地になっているが、人どおりは多くない。時刻は深夜二時過ぎだった。

ベンツのドアを開けたまま、俺たちは玄関を見つめ、イプシロンが出てくるのを待った。

一分が過ぎてもイプシロンは出てこなかった。

イヤフォンから何か命令を受けたのか、アルファが、俺とガンマを見て、「ドアを閉めろ。出発するぞ」といった。

ドアを閉めると同時にベンツは出発した。ベンツの行き先はアルファしか知らなかった。チームではそれぞれの仕事しか知らされない。

ベンツは、小一時間ほど走り、工場裏の空き地に着いた。そこにひとりの男が立っていた。この男は、仕事が終わったあとにメンバーに報酬を与える役目だった。オメガと呼ばれている。一回ごとの報酬は、そのときに盗んだ額に応じて決められるが、いつもかなりの高額だった。

道具を返し、報酬を与えられてチームは解散した。解散したあとは自宅で次の連絡を待つことになる。連絡先を知っているのは月浦だけだった。


次の連絡が来たとき、月浦と電話で話した。

〈錠二さん、どう、新しい仕事は？〉月浦は爽やかな声でいった。とても盗賊を仕切っている人間とは思えないほどの爽やかさだった。

「淡々としてる」俺は思っていることをいった。

仕事が成功し、警察に捕まる気配はまるでなかったが、何か流れ作業をしているようで、以前のような達成感はなかった。

〈うまくいっている仕事とは、得てしてそういうものよ〉

「かもしれない。だが、このあいだはひとり途中でいなくなった」

〈ああ、イプシロンね。たまにいるのよね。途中で逃げだす奴が〉

「あいつはどうなったんだ?」

〈殺したわ〉

あっさりと、月浦はいった。

俺は絶句した。

――ほんとうに月浦はあの男を殺してしまったのだろうか?

月浦が平然とした口調で続ける。

〈イプシロンは裏口から逃げようとしてたの。だから、拷問して殺したのよ。それはパイとシグマの役目よ。葛飾区の車内で男の焼死体が見つかったニュースは聞いてない? あれがイプシロンよ〉

「……こういうことは、よくあることなのか?」

〈どんなものにも不良分子はつきものでしょ。彼はわたしたちの組織に不満を持ったんでしょうね。普通の仕事みたいに辞められると思ったのかもね。馬鹿な男よね〉

相変わらず爽やかな口調だった。

「盗みのターゲットは、どうやって選んでるんだ?」

〈あなたがそれを知る必要がある？　ターゲットは金を持ってる人間よ〉

「俺が前にしたことを知ってるなら、俺たちがどういう人間をターゲットにしていたか知ってるか？」

電話口の向こうで笑う声が聞こえた。

〈知ってるわよ。悪人を狙ってたんでしょ。わざわざ悪事を働いて金を持ってる人間を捜してたなんて笑うわ。正義漢ぶってたの？　盗みをしながら。馬鹿みたい〉

太陽としていたことは、ただの盗みではなかった。悪人に制裁を加えることこそ、ふたりがしたかったことだ。

「それが俺たちの第一の目的だったんだ」

〈だけど、あなたのチームはなくなった。わたしのチームでは、ターゲットが悪人かどうかは気にしない。金を持っているかどうかを気にするだけよ〉

それから、月浦は低い声音《こわね》に変えて続けた。

〈わたしのチームでは絶対に失敗は許されない。逃げだすことも逆らうことも。それじゃあ、次の仕事も期待してるわ〉

電話はそこで切れた。

俺の心のなかの何かも同時に切れた気がした。

鬼山を見たあとも、〈ストロベリー・フィールズ〉は休まず営業した。太陽の捜索も虚しく、鬼山は見つかっていなかった。トマリと島袋のふたりも近くに来ているかもしれないと思ったが、彼らも見つかっていない。

どうやって鬼山が、僕と太陽が働いている店を見つけたのかもわかっていなかった。わかっているのは、鬼山がこの店の存在を知っているということだけだった。

鬼山が見つからない以上、向こうの出方を待つしかなかった。僕と太陽はなるべく離れないでいることにした。店ではふたりで働き、互いの家に帰らず、ふたりで新山口駅前のホテルに泊った。

僕は、ふたりで一緒に盗みをしていたころのことを思いだした。ふたりだけのときは、よくこうしてふたりでホテルの一室に泊ったものだった。

もうひとつ変化があった。この危機が訪れたことで太陽は月浦洋子と会わなくなったことだ。鬼山が来る前は、一週間に何度かふたりは会っていたが、月浦を危険な目に遭わせたくなかった太陽が会わないようにしていたのだった。

「月浦さんには、何と説明してるんだ？」僕は太陽に尋ねた。

太陽はシャワーを浴びたあとで、タオルを頭に載せてベッドに腰かけていた。シングルベッドがふたつある部屋だった。

太陽がタオルで髪の毛をくしゃくしゃと拭いてから、顔をあげた。

「仕事が忙しいから、会えないといってる」

「変に思われないか？」

「変って、何を？」

「君が嘘をついていることだよ」

「何も思わないさ。洋子には何も関係ないことだからな」

僕は鏡の前の椅子に座っていた。

「あの人って東京の建築事務所で働いてるんだろ。そのわりによく山口に来るよな」

太陽が身体を僕に向けた。

「お前は何がいいたいんだ？」

「とくに何かをいいたいわけじゃないさ。ただ不思議だな、と思っただけだ」

「山口で建築の仕事があるんだよ。だから、行ったり来たりしてるんだ」

「山口にいるときはどこに泊ってるんだ？　ホテルか？」

「そんなこと、お前に関係ないだろ」

太陽は突き刺すような眼差しで数秒僕を見たあと、反対側を向いた。

月浦の仕事の進め方は完璧といえるものだった。メンバーは互いの素性を知らず、直前に聞かされた計画を淡々と遂行する。計画はよく練られていて、ターゲットの警備システムは完璧に掌握されていた。ターゲットに選ばれる者はかなりの資産を持っている者たちで、その選定も間違いなかった。その資産は、金にかぎらず、骨董品や高級腕時計など、価値のあるコレクションの場合もあった。それらを現金化する仕組みも月浦は持っていた。

最初こそ、太陽と過ごした日々のような懐かしさを覚えたが、徐々に月浦との仕事に嫌悪感を覚えるようになった。

確かに、金儲けはできる。報酬は申し分ない。二、三回も働けば、同い歳の平均的な年収ほどは稼げるだろう。

しかし、虚しさが募った。ただ命じられたことをおこなうのみの仕事に熱を感じることはできない。誰かが真面目に働いて稼いだかもしれない財産を奪うことの罪悪感もあった。

十回目の仕事を終えたとき、俺は自分のするべきことに気がついた。太陽の遺志を継ぐ仕事だ。太陽と俺は悪事を働いて金を儲けた人間から金を奪ってきた。

いま俺が誰から金を奪うべきなのかがわかったのだ。

月浦だ。

彼女こそ、俺がターゲットにするべき人物だった。

そのためには、この組織を知る必要がある。

この組織は極度に内部を知られないようにしていた。連絡できるのは、月浦だけ。俺は彼女から情報を引きだそうとした。


「仕事外でも逃げだそうとする奴は殺されるって、あんた、いってたよな。それは俺たちが常に見張られてるってことなのか？」スマートフォンに向かって俺はいった。

〈そう考えてもらって結構よ。逃げだそうとした者で成功した者はいないっていったら意味がわかるかな〉

最初に会ったとき以来、月浦と顔を会わせることはなかった。月浦は頻繁に電話番号を変え、仕事の連絡でかけてきたときに話ができるだけだった。このときも仕事の話でかかってきた電話だった。

「いままで、あんたを警察に売ろうとした人間はいなかったのか？　それほど難しいことじゃないと思うけどな」

〈そう？　じゃあ、やってみたら。それをしてもあなたの命はないけど〉

「俺がそれを考えてるってわけじゃない。いままで、そういう奴はいなかったのかって話だ」

〈前にも話したと思うけど、人が集まれば、そこに不良分子はどうしても出てくるものよ。だから、それを処理する仕組みは当然必要になるわ。あなたの質問の答えはイエスよ。何人かそうい

う人間はいたわ。その全員が死んだけどね〉

「それ専門の人間もいるということか」

〈まあ、そういうことね〉

「これまでかなり稼いだだろ。もうじゅうぶんじゃないのか」

〈まだじゅうぶんじゃないわ〉

「稼いだ金はどうしてるんだ？」

〈あなたに関係あるの？〉

「いや、ないな」

〈それじゃあ、次の仕事もよろしくね〉

相変わらず爽やかな口調だった。


調べてみると、俺の家には盗聴器が三つ、車にはＧＰＳ発信機がとりつけられていた。俺が仕事に行っているあいだに仕掛けられたのだろう。盗聴器も発信機もそのままにしておいた。俺が月浦の命令に従っていると思わせたかった。

俺の目的を達成するために。

僕と太陽のホテル暮らしが二週間ほど続いたとき、店に一本の電話が入った。その電話は店からの転送で僕のスマートフォンにかかっていた。そのとき、僕と太陽はホテルの部屋にいた。

時刻は午後九時を少しまわったところだった。

「はい、ストロベリー・フィールズです」

〈錠二さん、ですね。お久しぶりです。鬼山です〉

――鬼山……。

その声は、確かに鬼山の声だった。声を聞いた瞬間、すぐにいけ好かない男の顔が浮かんできた。店の電話にかけてきたということは、やはり、僕が見た男は鬼山だったのだ。

「鬼山……何の用だ？」

〈何の用って、挨拶ですよ。冷たいですね。俺たちに何も知らせずにこんな店を開いているなんて。いい店じゃないですか。パンもすごくおいしかったですよ。ボスと錠二さんがパン屋をするなんて意外でしたね〉

「……どうやって、この店のことを知ったんだ？」

〈簡単じゃなかったですよ。いろいろと調べたんです〉

「用があるなら、さっさと話せ」

〈錠二さんはあんまり変わってないですね。昔もそういう冷たいところがありましたけど。ボスもそこにいるんでしょ。替わってもらえますか？〉

僕が誰と話しているのか、太陽は気づいているようだった。眉間に皺を寄せて、僕を見ていた。

僕はスマートフォンを太陽に渡した。

「鬼山からだ。君に話があるって」

黙って太陽は受けとった。

「俺だ」太陽がスマートフォンに話しかけた。

それから太陽は、鬼山と言葉を交わした。長くはない。三十秒もかからなかっただろう。

電話を切って僕に戻すと、太陽は僕を見た。

「鬼山はなんていったんだ？」僕は尋ねた。

「一億円を要求してきた」

「要求って、もし払わなかったら、どうなるんだ？」

「洋子の命はないって」

「月浦さん？　どうして？」僕は驚いて、いった。

太陽は首を振った。

「……わからない。俺を観察してたんだろう。それで俺の大事なものを奪おうとしているんだ」

——大事なもの……。

太陽の目には、怒りと怯えの入り交じった感情が見えた。

月浦の指示に従いながら、彼女の秘密を探るのはなかなか難しいことだった。盗みをしているときは支給される装備品に盗聴器をつけられ、仲間と余計な会話はできない。たとえできたとしても、仲間のなかで月浦の秘密を知っている者はいないかもしれなかった。盗みのときも最低限の情報しか与えられていないからだ。俺自身、月浦に関しては名前だけしか情報がなかった。その名前さえ嘘という可能性がある。

盗みを離れているときも月浦のことを探ることは難しい。俺はずっと監視されているようだった。街を歩いているときに尾行されていると気づいたことが何度かある。

俺の場合はこのチームに入って間もないため、余計に警戒されているのかもしれなかった。盗みをする間隔は不規則だったが、平均すると十日に一回の割合だった。

月浦を調べはじめて三ヶ月が過ぎたころ、俺は秋葉原に向かった。ある機器を手に入れるためだ。尾行があるかないかわからなかったが、人混みを歩き、念のため、スマートフォンをコインロッカーに預けた。スマートフォンに位置情報がわかるアプリが仕込まれているかもしれないからだ。

電気街を歩き、通信機器を扱っている店に向かった。この店には以前来たことがある。太陽と盗みをしているときに、警察無線を傍受する受信機を購入していた。ずいぶん昔のことだが。

赤ら顔で年配の店主の顔には見覚えがあった。

「小型のＧＰＳ発信機を売ってもらえますか」

俺は店主にいった。

店主はのんびりとした口調で話した。

「どれくらいの大きさのものがいいんですか？」

「この店で一番小さいものがいいですね」

店主が出してくれたのは、二センチ四方の薄い板状の機器だった。

俺はそれを触りながら尋ねた。

「これで、居場所がわかるんですか？」

「性能はいいですよ。そのかわり充電が持つのは一週間くらいですけど」

一週間もあればじゅうぶんだろう。

「では、これをください」


店の帰りにスマートフォンをコインロッカーからとりだすと、月浦からの着信が入っていた。

電話をかけると、月浦はすぐに出た。

〈仕事の依頼よ。ところできょうはどこに行ってたの？　あなたがコインロッカーのなかにいたのでなければね〉

「俺を見張ってるのか？」

俺は周囲を見まわした。ここは商店が並ぶとおりの一画だった。いまこの瞬間も誰かに見張られているのかもしれなかった。

〈いったでしょ。完璧な組織にしたいって。仲間が何を企んでいるのか把握するのもそのためよ〉

「俺たちにプライバシーはないのか？」

〈そのぶん報酬は得てるでしょ〉

「ずいぶんひどい組織だな」

〈信頼を得るためには時間がかかるものよ。あなたはまだ信頼を得ていない〉

「……信頼か。あんたの組織にそんなものがあったとは驚きだな」

〈あなたが、わたしの組織をどう見てるか知らないけど、わたしは信頼を大切にする。それを裏切った人は絶対に許さない〉

「まあ、あんたがボスだ。きょうは久しぶりにゆっくりしただけだ。あんたが心配するようなことは何もない。それで仕事の話とは？」

次の仕事は、ある不動産会社を狙うものだった。といっても不動産会社だとわかるのはその場所に着いてからだった。そのときはピックアップ場所を指定されただけだった。ピックアップ場所に着くと、迎えの者が来ていて仕事をする場所に連れていかれた。

仕事はいつもどおり完璧だった。俺は不動産会社のドアの鍵を開け、なかに入ってから金庫の鍵を開けた。

ただいつもと違ったのは、俺が盗んだ金を入れたバッグに発信機を仕掛けたことだった。金の行方を知りたかったからだ。

金の流れを追う。これが俺の作戦だった。

これで月浦の居場所がわかるかもしれない。

BAKER 9

「それで一億円を払うつもりなのか?」僕は太陽に尋ねた。

場所はホテルの部屋だった。

太陽は何かを考えるような顔をしていたが、顔をあげて僕を見た。

「払う。それで洋子が解放されるならな」

「鬼山が約束を守ると思うのか?」

「金を受けとったら、もう俺たちに用はないさ。ほかに俺たちに要求するものもないしな」

「これからも鬼山を恐れて生きなければならなくなる」僕はいった。

太陽が無表情で僕を見た。

「それじゃあ、錠二はどうしたいんだ?」

「僕たちに脅しは通用しないと思わせる手もある」

「どうやって?」

「無視するのさ。まさか奴も殺しまではしないはずだ」

昔一緒に働いていたときも、鬼山が誰かを傷つけたりするところを見たことはなかった。そんな過去があるという話も聞いていない。性格に難のある、運転好きなだけの男だ。

太陽が首を振った。

「駄目だ。そんなリスクは冒せない」

僕はじっと太陽を見た。

「君は、月浦さんを愛しているのか?」

数秒、僕を見つめたあとで太陽は答えた。

太陽も僕をじっと見つめる。

「何よりも愛している。彼女を放っておくことはできない」

――何よりも……。

「そうか……。君がそこまでいうなら、いいと思う」

「いいって、金を払うってことか?」太陽が訊く。

僕は頷いた。

――どうしようもないじゃないか……。

僕の望みは太陽が幸せになることだった。あの女をとり戻すことが太陽の望みなら、僕が反対できるはずがなかった。

「僕には金は必要ない。君の好きなように使ってくれ。そもそもチームの金だ。ボスだった君が使い道を決めたらいい」

「ありがとう」太陽がいった。

太陽とは長い付き合いだったが、面と向かって礼をいわれたのは、はじめてのことかもしれなかった。

「鬼山はどこに金を持ってこいといってるんだ?」僕は訊いた。

「あした、また電話がある。それまでに金を用意しよう」

「用意しようって、金はどこにあるんだ?」

「店だ」

「店?」僕は驚いて、いった。

「あの店を改築するときに隠し場所をつくったんだ」

〈ストロベリー・フィールズ〉にそんなところがあったなんてまったく知らなかった。


ふたりでホテルを出て、歩いて〈ストロベリー・フィールズ〉に向かった。

太陽が厨房の奥の狭い通路を歩く。二メートルほどの通路で、通路の両側にはパンづくりの道具が収められている。この通路は改築前からあった場所だ。

通路のなかほどで太陽は立ち止まった。焼型トレーを収めた棚の前だ。マフィンの焼成トレーをとりだし、下に置く。その奥に手を伸ばして、煉瓦《れんが》を触っていた。

「ここだな」太陽が僕を見る。「パレットナイフをとってくれ」

僕は反対の棚の左端にあるパレットナイフをとって渡した。

ナイフを煉瓦と煉瓦のあいだに差しこむ音が聞こえた。がしっ、がしっ、という音が数度響いて、太陽がひとつの煉瓦を外した。それからさらにひとつ——。

合計八つの煉瓦を外したときに太陽が声を出した。

「誰かに盗まれてる……」

BOSS 9

月浦洋子が用心深い女であることはわかっていたが、想像以上だった。盗んだ金に仕掛けたGPS発信機はすぐに発見され、破壊されてしまった。破壊された場所は、東京の月島あたりだったが、移動する車内で破壊されていたので、意味のない情報だった。

それからも数度、同じ試みをしたが、すべて失敗に終わった。

こういうことをあらかじめ想定しているのか、あるいは発信機をつけたところで、秘密を暴けるはずがないと思っているのか、俺が仕事に呼ばれる頻度に変わりはなく、とくに警戒されている様子も感じなかった。それとも、俺の仕わざと気づいていながら、俺は泳がされているのだろうか?

仕事を繰り返しながら、どうやって月浦の情報を得ようかと考えたが、発信機で失敗してからは、なかなか思いつかなかった。

そのあいだにも、指示が来て、鍵を開ける日々が続いた。あの女の構築したこの奇妙な組織は、まるで森林に忍ぶヘビのようにぬめぬめと、そして確実に地上を這っているのだった。

ようやく糸口を見つけたのは、ある匂いを嗅いだときだった。その匂いを発していたのは、アルファで、そのとき俺はデルタだった。

この匂いを嗅いだことは以前にもあった。チーム内の呼称は毎回変わり、メンバーもその都度変わったが、それでも背恰好、声、歩き方、動き方で、あのときのあの男だな、と見当がつけられるまでになっていた。この匂いを発する男は、若く、背の高い男だった。アルファかベータになっていることが多く、指示を出すことに慣れていて、ずいぶん古株だなと思っていた。

この男の匂いをどこか別の場所で嗅いだことがあるとずっと思っていたのだが、あるとき、その匂いが月浦の香水だったことを思いだしたのだった。約一年前、バーのカウンターを挟んで向かい合った、月浦の香水と同じだったのだ。

はたして、これは偶然だろうか？

男物の香水ではないから、この背の高い男が、同じ香水をつけた女と会っていたことは間違いないだろう。月浦といえども女だ。この不気味な組織を統率していながらも誰かを愛することはあるはずだ。

盗んだ金につけた発信機は失敗したが、この男に発信機をつけ、向かった先に月浦がいるという可能性に賭けてみようと思った。失敗したら、また別の手を考えればいい。

それを決めてから、二度目の仕事のときに、あの匂いの男と同じチームになった。そのとき、俺はイプシロンで男はアルファだった。

仕事が成功し、金を車に詰めこんだあとだった。

ヴァンの後部座席にいたのは、俺とアルファとガンマだった。ベータが運転し、デルタが助手席に座っていた。

仕事が終わると、俺たちは装備品を外し、金属のボックスに入れる。そして、スマートフォンや財布を受けとることになっていた。その箱には鍵がかかっていて、その鍵を持っているのはアルファの役目だ。

アルファがボックスの鍵を開け、それぞれにスマートフォンと財布を返していった。

最後にアルファは自分のスマートフォンと財布をとって、ポケットに仕舞った。

――これで、奴の居場所がわかる。

俺はこの仕事が終わったあと、スマートフォンと財布の入ったボックスの鍵を開けていた。そして、アルファの財布にＧＰＳ発信機を仕掛けて、またボックスの鍵をもとに戻しておいたのだった。

ＧＰＳ発信機の場所がわかるアプリを仕込んだノートパソコンは、家の近くのコインロッカーに入れていた。家に置いておくと、勝手に調べられる恐れがあるからだ。

三日ごとに尾行を撒《ま》いて、コインロッカーからノートパソコンをとりだして、発信機の辿った位置を確認した。

　すると、おもしろいことがわかった。

　男は、二ヶ所の生活拠点を持っているらしいことだった。奥多摩と両国だ。あの背の高い男は、夜にこの二ヶ所を行き来していた。グーグルマップで確認すると、奥多摩のほうは古いビルで、両国のほうはマンションだった。

　月浦がいるとすれば、両国のマンションのほうが可能性が高いと思った。そこに月浦が住んでいるとしても、部屋番号を突きとめる必要がある。部屋さえわかれば、俺は侵入できる自信があった。

BAKER 10

「発信機を仕掛けてたのか？」僕は太陽に尋ねた。

　太陽は僕を見て頷いた。

「一億円が入ったスーツケースが動かされたら作動するようになっている」

　用心深い太陽らしい。

「だけど、いったい誰が盗んだんだ？　鬼山だとしたら、月浦さんと引き換えに要求する意味がわからない」

「そうだな。鬼山じゃないな。鬼山以外で俺たちのことを知っている奴だ」

――僕たちを知っている奴……。

そんな人間はごくわずかにかぎられる。

鬼山以外では、瞳とトマリだが……。あのふたりは鬼山と一緒ではなかったのか?

「いずれにしても、発信機を追えばわかる」太陽がいった。

太陽が店の控室のパソコンを開き、アプリを作動させた。店の経理に使うパソコンだった。

モニターに地図が映しだされ、そこにGPS発信機の辿った道が点線となって記されていた。

それによると、発信機のついたケースは山陽自動車道を東に向かって移動しているようだった。

「動いているということは、まだ盗んでから、それほど時間が経ってないな。だけど、追いつけるかな」僕はいった。

「お前は来なくていい」太陽が僕を見た。

「ひとりで行くつもりか?」

太陽は僕を強い目で見て頷いた。

「駄目だ。僕も一緒に行く」

太陽は数秒考えたあとで、いった。

「……わかったよ」


山口を出発したのは午後十一時過ぎ、車は太陽の赤いフィアットだった。

太陽とふたりきりで車に乗るのは久しぶりだった。太陽が運転し、僕はノートパソコンを抱えてGPS発信機が移動する先を見る。

発信機を積んだ車は、岡山県を東に向かって走っていた。目的地はわからない。太陽は夜の国道を飛ばした。

僕たちが岡山県に着いたとき、向こうは、新名神高速道路に入っていた。走りはじめたときより、差はかなり縮まっていた。僕たちが追っている車は、それほど速度を出していないようだった。

新名神高速道路に入ると、目的の車は伊勢湾岸自動車道を走っていた。さらに差が縮まった。

「運転替わろうか?」

僕は何度か太陽に尋ねたが、太陽は大丈夫だ、といって運転し続けた。

久しぶりに一緒に車に乗ることに嬉しい気持ちがあったが、月浦のために必死になる太陽を見て、複雑な気持ちを覚えた。

日がのぼり、東名高速道路に入ったとき、差は一気に縮まった。相手はサービスエリアで休憩しているようだった。

「ターゲットは、日本坂パーキングエリアに停まってる」

僕がいうと、太陽はさらに速度をあげた。時刻は朝六時過ぎで、ここまで来るのに太陽はひとりで七時間近く運転し続けていた。

フィアットが朝焼けの日本坂パーキングエリアに着いたとき、まだGPSの位置を示す点は移動していなかった。

まばらに車が停まっている駐車場に車を乗り入れる。フィアットも熱くなっていたが、車をおりたときの太陽も熱くなっていた。ずっと道路を睨み続けていたせいで目が血走っている。

僕は太陽が無茶をしないか心配になった。

太陽に二面性があることを僕はよく知っている。普段は沈着冷静の穏やかな男だが、ひとたび、怒りに駆られると突然彼の心の裡《うち》にある何かが爆発することがある。

かつて僕を殺そうとしたように……。

太陽と僕はまずは停まっている車を確認していった。乗用車は十台くらいだろうか。GPSを使っても、車の細かな位置まではわからない。

太陽の話によると、一億円を入れたスーツケースはシルバーの頑丈なものだということだった。手分けして停まっている乗用車の車内を見てまわったが、見える位置にそれを置いている車はなかった。トランクに入れているか、トラックの荷台に積まれているのかもしれなかった。

車を見終わると、太陽はパーキングエリアのフードコートのある建物に向かった。大股で歩いている。

僕は太陽の前に出て、太陽を止めた。

「太陽、落ちつけよ。まだ相手がどんな奴かわからないんだ」

太陽は僕に鋭い視線をぶつけた。

「わかってる。俺は落ちついている。ただ時間が惜しいだけだ」

朝早い時間なので食事をしている人は少なかった。

このなかに、一億円を盗った者がいるのだろうか？

喫茶エリアに入り、テーブルでくつろいでいる男が目に留まった。太陽もすぐに僕の視線に気がつき、同じ男を見た。

――間違いない。

そこにいたのは、僕たちのよく知っている男だった。

BOSS 10

仕事の招集がなかったその日の昼過ぎ、俺はマンションにスマートフォンを置いたまま、マンションを見張っている者に気づかれないように外に出た。

このマンションの部屋にある隠しカメラは三ヶ所だ。玄関の靴箱、寝室の前にある花瓶、リビングのテレビの上。

いつものように朝食を食べ、リビングで少しゆっくりしたあと、寝室に入った。そこでノートパソコンの電源を入れ、ＹｏｕＴｕｂｅで音楽の動画が流れ続けるようにした。盗聴者に俺が寝室にいるように思わせるためだ。それから寝室の窓から外に出た。部屋は二階にあったが、下の階のベランダに足をかければ、一階におりられる。その外にはマンションの中庭があり、中庭から外に出ることができる。

マンションを出ると、タクシーに乗って両国に向かった。三十分ほどで目的のマンションに着いた。付近には住居が立ち並び、隠れるところは少なかった。

見張る場所は地図を見てあらかじめ決めていた。目的のマンションから百メートルほど離れたところの立体駐車場の三階だ。ここからだと月浦がマンションに入るところを見て追いかけることはできないが、月浦がこのマンションに住んでいることは確認できる。マンションの窓が見渡せるので、うまくいけば、何階に住んでいるかもわかる。


立体駐車場三階の錆びついた手摺りの前に座りこみ、午後一時から見張りをはじめた。夕方の五時を過ぎても月浦の姿もあの背の高い男の姿も見えなかった。

俺は同じ場所で何時間も見張りを続けても平気だった。自衛隊時代には斥候の訓練で叢に十時間以上同じ姿勢でいたこともある。それにくらべれば、ここでは身体を伸ばすこともできるし、歩きまわることもできる。

午後七時を過ぎると、マンションに帰宅する者が増えたが、まだあのふたりのどちらも確認できていなかった。

あと数分で八時になるというとき、あの背の高い男の姿を確認した。男の顔は彼がアルファのときに目出し帽を被っていなかったので知っている。男はスーツを着て、いかにも仕事帰りといった姿でせかせかと歩き、マンションに入っていった。

あの男がこのマンションに来ることはわかっていたので、これは新しい情報ではなかった。それでもあの男がどの部屋に行くかを見定める必要がある。

彼が入ったあと、俺は立ちあがり、マンションのどの部屋の灯りがつくのか確認しようとした。そのときだった。

突然、背後から声が聞こえた。

「何してるの？」

はっとして振り返ると、そこに、白いワンピースを着た女が立っていた。

――月浦……。

まさか……。その隣には別の男、こちらは体格のいい男だ。その男が俺に銃を向けていた。もうひとり銃を持った男がいる。

俺は男の持つ銃を見つめた。

いかにも銃を持ちなれた手つきに見えた。頭のなかで逃げ道を探したが、どこにも見つからなかった。ここは駐車場の片隅で出入口は遠い。逃げれば撃たれることは必至だった。

「どうしてわかったんだ？」俺は訊いた。

「いったでしょ。わたしにはたくさん目がある、と。あなたがコインロッカーにパソコンを隠していることは知ってたわ。あちこちに発信機をつけていたこともね」

月浦が冷たい目をして俺を見た。

不覚にも、俺は完全に背後をとられていたのだった。

BAKER 11

パーキングエリアのフードコートの端に座っている男はラーメンを啜っていた。僕と太陽が近づいていくと、はっとした顔を僕たちに向けた。

そこにいたのは、以前僕たちが知っていたときよりも髪は長く伸び、顔はふっくらとしていたが、間違いなく、トマリだった。

トマリはすぐに背後を見て、立ちあがりかけたが、うしろには飲食店が並ぶ場所があるだけで行き止まりになっていることを知ると、諦めたように座り直した。その顔からは、すっかり血の気が引いていた。

僕と太陽はトマリの前に立って、彼を見おろした。

「ボス、錠二さん、説明させてください」

太陽は冷たい表情でトマリにいった。

「わかったから、さっさとそれを食べろ」

トマリの前に置かれたラーメンは半分ほど食べた状態だった。みそラーメンのようだった。割り箸がどんぶりに突っこまれたまま湯気が出ている。

トマリはラーメンに目を落とした。

「もう大丈夫です」

「それじゃあ、こっちに来い」太陽は冷めた声でトマリに命令した。

トマリは食べかけのラーメンをトレーに載せて、返却台に置いた。そして僕たちの前を歩いた。フードコートを出ても逃げだそうとはせず、太陽に命じられるまま、太陽のフィアットに向かって歩く。もう逃げられないと思っているのかもしれなかった。

フィアットの後部座席にトマリを入れ、太陽が後部座席に乗り、僕は助手席に座った。

太陽がトマリに顔を向けた。

「あの金はどこにあるんだ？」

トマリはもじもじして、居心地が悪そうに見えた。僕の顔をちらりと見ては目を逸らし、太陽のほうにはまともに顔を向けることさえできなかった。

下を向いたまま小さな声で話しはじめた。

「車のトランクに入っています。僕の車は、あそこにあるシルバーのワゴンRです」

トマリは窓のほうを向いた。

四台向こうにシルバーのワゴンRが見える。

「どうして、僕たちの店に金があることを知ってたんだ？」僕は尋ねた。

トマリが僕を見て、また目を逸らした。

「鬼山さんの位置を確認していたんです」トマリはいった。

「お前は鬼山の仲間なのか？」と太陽。

トマリがぶるぶると顔を振った。

「仲間じゃありません。僕は鬼山さんから逃げてたんです」

「逃げていた？」

トマリは太陽を見て頷いた。

そして、どうして鬼山から逃げていたのかの経緯《いきさつ》を語りはじめた。

僕と太陽がチームを去ってから、チームのメンバーは皆、どうしていいかわからなかったそうだ。一度は、残った三人で盗みをしようとしたが、やはり太陽と僕がいないことで、うまくはいかなかった。

それで、チームは自然消滅のような形になった。トマリは、プログラミングのスキルを生かして、またどこかに就職しようかと考えた。そんなとき、鬼山と瞳が別の盗みのチームに誘われて、そこに入ったことを知った。

トマリは、鬼山から同じチームに入るように誘われた。しかし、トマリは断っていた。

「怖かったんです」トマリは怯えたような目を僕に向けた。

「そのチームは……チームっていうより組織といったほうがいいかもしれません。大勢が所属しています。何人ぐらいかはわかりません。盗みのたびに違うメンバーが招集されて、アルファとかベータとか名前が毎回つけられて、上の命令に従って動くそうです。いつも盗みは成功して、報酬もかなりいいらしいです。

島袋さんもその組織に入っていました。島袋さんだけならいいんですけど、鬼山さんがいるのはいやだったんです。それでも鬼山さんは、僕をチームに入れたら、何かいいことがあるのかわかりませんけど、執拗に誘ってきました。それで僕は、住んでる場所とスマホの番号を変えて逃げました。念のため、鬼山さんに最後に会ったとき、僕に近づいたらアラームが鳴るアプリを彼のスマホに仕掛けました。鬼山さんは、機械に疎いですから、気づかないだろうと思って。それで、僕は鬼山さんの居場所を知ることができたんです。

あるとき、鬼山さんが山口に行ったことをアプリで知って、不思議に思いました。新しい組織の仕事は関東近辺が多かったみたいですから、変だなと思ったんです。GPS発信機で居場所を見たら、山口市にいて、鬼山さんはあちこちに移動していましたけど、その動きを見ていると、ある場所に何度も足を運んでいるのに気がつきました。それが〈ストロベリー・フィールズ〉というパン屋です。

チームにいたころ鬼山さんがパンを食べたところを見たことはなかったので、気になって、この店に何があるのか調べてみました。パン屋の情報はほとんど得られなかったんですけど、ある人のブログで、そのパン屋は男の人ふたりで経営していることを知りました。それでピンときたんです。これはボスと錠二さんだな、と。

ボスがパンを焼いて何度かチームに持ってきたことがありましたよね。あの味はパン屋並みにうまいものでしたから。それで、僕は、あのチームのプール金のことを思いだしたんです。ひょっとして、まだあのお金があったら、この店に隠すんじゃないかと。

あの金はチーム全員のものでしたから、僕にもその金の権利があると思ったんです。僕は仕事がなくてお金に困っていました。それで山口市に来て、音波スキャナーを使ってみると、店の壁のなかに空間があるのに気がつきました。きっとここに隠してあるに違いないと思って、煉瓦を外してみたら、ほんとうにあって、それで盗んだんです」

トマリは、始終おどおどしていたが、自分の正当性を主張したいのか、ここまでを一気に話した。そういえば、この男は様々な道具を使って、隠した金の在処を知ることが得意だったな、と僕は思いだしていた。

太陽は、トマリをじっと見つめていたが、やがて、

「わかった」といった。

僕は太陽を見た。

「何がわかったんだ？」

太陽が僕に鋭い目を向けた。

「トマリは、鬼山とは組んでいないことだ」

それから、太陽はトマリを見た。

「いいだろう。あれはチームの金だ。お前にも権利はある。五分の一の二千万をやろう。だから、あのケースを返してくれ」

「一億円必要なんじゃないのか？」僕は太陽にいった。

「二千万くらいなら、なんとかなる。トマリには金をもらう権利がある」

僕は太陽の妙な生真面目さを不思議に思った。さっきまではトマリを殺しかねない勢いだった

のに、納得するといきなり、金をやるという。

「だけど、時間がないぞ」僕はいった。

太陽は僕を見て頷いた。

「わかってる」

BOSS 11

――わからない……。

俺はどこに連れていかれようとしているんだ？

月浦とその仲間に、俺は頭にすっぽりと黒い袋を被せられ、車のトランクに押しこまれていた。うしろ手にプラスティックの結束バンドを巻かれ、足首はロープで縛られていた。スマートフォンや財布など持ち物すべてを奪われていた。

トランクのなかは息苦しく、黴《かび》と機械油の臭いがしていた。足元には長い棒のようなものがあたっていた。

車に揺られながら、どうしてこうなってしまったのかと考えていた。じゅうぶんに注意していたはずだったが、完全に背後をとられていた。自衛隊時代は斥候を得意としていて、偵察に失敗することは考えられなかった。自衛隊を辞めて勘が鈍っていたのかもしれなかった。

車はかなりの距離を走っていた。徐々に都心から離れていくようで、どこかで高速道路に乗ったことはわかった。高速道路を降りたあとは、ずいぶん周囲の音が少なくなっていた。

二時間ぐらい車に乗っていただろうか、ようやく車が停まった。トランクが開き、首を摑まれ、男ふたりに引きだされた。俺は暴れることはしなかった。まずは状況を確認したかった。

「ここはどこなんだ？」

返事はなかった。男たちは黙って俺の足首に巻かれたロープを外しはじめた。それから両側に立ち、俺の腕をとって歩かせた。

――聞いても無駄か。

覆面の布は厚く、周囲は見えなかった。足元だけがちらりと見えるが、舗装されていなかった。音からすると、砂利道を歩いているようだった。

――俺は殺されるのだろうか？

男たちに誘導されるまま、歩いていく。ドアが開けられる音がして、建物のなかに入った。コンクリート張りの通路を歩かされる。五メートルほど歩かされて、右に向けさせられた。

「ここから階段だ」

横から声が聞こえた。

足を伸ばすと、足先が段差にぶつかった。階段をのぼっていく。

階段をのぼりきると、また通路を歩かされた。曲がった回数からすると、ここは三階のようだった。今度は部屋に入れられた。

「いまから袋をとる。暴れるんじゃないぞ」

背後からいわれて、頭に被せられていた袋をとられた。眩しさに思わず目を細めたが、部屋はそれほど明るくはなかった。薄暗い照明器具が上にあり、ぼんやりとした灯りを部屋に投げているだけだ。

部屋は八畳ぐらいだろうか。家具はなく、右横に便座がひとつだけ置かれている。壁は剝きだしのコンクリートで窓枠には鉄格子が嵌められ、その向こうには板が被せてあった。まるでどこか外国の刑務所のように見えた。

手の結束バンドを解かれた。

手首を摩《さす》りながら身体の向きを変えると、黒い目出し帽を被った男がふたり立っていた。ふたりとも拳銃を片手に持っている。

「うしろにさがれ」

男に命じられ、俺はうしろにさがった。

男たちは部屋を出ていき、重そうな鉄製のドアがバタンと閉められた。

BAKER 12

トマリと僕と太陽は、トマリのワゴンRの後部座席に座っていた。いま後部座席は背もたれが倒されていて、そこにスーツケースが置かれていた。

太陽がスーツケースの鍵を差しこみ、それを開けた。そこには札束がぎっしり詰めこまれていた。太陽は、百万円ずつ束になったものをスーツケースから二十束とりだして、スーツケースの横に置いた。

「これで、二千万ある」太陽がトマリにいった。

トマリはごくんと唾を飲みこんで札束を見つめた。

太陽がスーツケースの蓋を閉じて、トマリを見た。

「お前には迷惑をかけたな」

「いえ、僕のほうこそ……」トマリが恐縮している様子でいった。

太陽がトマリをしっかりと見据えた。

「俺たちが急に消えて困っただろう。だが、お前にも責任がある。お前は錠二が金を盗んだと嘘をついた。鬼山に脅されてそういったのかもしれないが、俺はもう少しで錠二を殺すところだったんだ」

トマリが怯えるように僕の顔を見た。

そして、

「すいませんでした」

と頭をさげた。

僕は、ただ頷いて応えた。僕にしても、あと少しで太陽を殺すところだったのだ。もし、あのとき太陽を殺していたら、いったいどうなったか。考えるだけで恐ろしいことだった。

ワゴンRに二千万円とトマリを残し、僕と太陽は車の外に出た。

太陽の運転するフィアットに乗り、僕たちは山口に戻った。うしろから陽が車内に差しこんでいた。道路は朝焼けに照らされて赤く染まっている。

鬼山から連絡があるのは、きょうの午後三時だった。それまでには店に戻っておく必要がある。

僕と太陽はどちらも何も話さなかった。スーツケースから二千万円がなくなり、一億円には足りなくなったが、太陽は気にしていないようだった。どうするつもりなのだろうか、と思った。

僕は、太陽がトマリにいっていた言葉を思いだしていた。

——もう少しで錠二を殺すところだったんだ。

あの瞬間のことは、はっきりと覚えている。鬼気迫る勢いで太陽は僕に銃を向けていた。あのとき、太陽は間違いなく僕を殺すつもりだった。

いま考えても恐ろしいことだった。地震が起こっていなければ、僕はいまこの世にいない。ここでこうして何かを考えることもできない。僕がここにこうして生きているのは偶然の結果に過ぎなかった。あの小さな地震は、地球にとってはほんの些細な自然現象に過ぎないが、僕にとっては極めて大きな出来事だった。

太陽の命も同じだ。あのとき、僕の拳銃が不調に陥らなければ、いま太陽は存在していない。

人の命は、じつに呆気ないものなんだな、と思った。

きっと、この世界に存在するすべての人も同じに違いない。皆、何らかの奇跡によって、いま、たまたまこの世界に存在しているだけだ。

僕は、自分の存在が奇跡であることを知り、しっかりと心にとめておく義務があると思った。

拳銃をもらったとき、あの時計屋の老人はいっていた。

世界がふたつに分かれる人間の話だ。大切なものが存在する世界と、存在しない世界……。

もしも、太陽を失っていたら、僕はどうなっていただろう？

そう考えた瞬間、この仮定が、異様なほどの現実感を持って僕の胸に萌《きざ》した。

——太陽がいない世界……。

漆黒の闇のなか、僕は途方に暮れて、立ちすくんでいる。

その想像があまりにも生々しく、僕は慄然とした。

まるで、その世界がほんとうに存在し、なぜか僕だけがそれを知らないかのように感じた。

「どうした、青い顔をしてるぞ」

太陽が横目で僕を見た。

フィアットは伊勢湾岸自動車道を走っているところだった。

「いや、なんでもない」

腕で額の汗を拭った。身体じゅうから汗が噴きだしていた。

太陽が前を向き、ふたたび運転に集中した。

そのときには、頭のなかの仮定の想像は完全に消え去っていた。

——いったい、あれは何だったんだ？

なぜだか、一瞬垣間見えた、仮定の世界の自分といつか対峙しなければいけないときが来るような気がした。

BOSS 12

　どれくらい時間が経っただろうか？　外から明かりが入らないため、時間の感覚を失っていた。五時間か、それとも二時間か。いや二時間ということはないだろう。便器は二度使用した。いつもの感覚なら、四、五時間といったところだろうか。

　ドアが三度ノックされ、声が聞こえた。

「ドアから離れていろ。おかしな真似をしたら、銃を撃つ」

　それからゆっくりとドアが開いた。俺はドアの正面に立っていた。ドアから二メートル離れている。

　ドアの向こうに現れたのは、ここに閉じこめたときと同じふたり組に見えたが、目出し帽を被っているため、よくはわからなかった。

　男たちが「うしろを向け」といった。

　俺がうしろを向くと、男のひとりが俺の腕をとって、うしろ手にロープで縛った。そのあいだ、もうひとりの男が俺に銃を向け続けていた。

　また頭に袋を被せられた。

　男に手をとられ、歩かされる。

「今度はどこに行くんだ？」

男たちは返事しなかった。通路を歩かされる。俺とふたりの男たちの足音だけが通路に響いていた。

長い通路を歩かされたあとで、別の部屋に入れられた。前が見えないから、どんな部屋かはわからない。ただ音の反響具合から、前よりもずっと広い部屋だということだけはわかった。部屋にはほかにも何人かがいるように感じる。

うしろから、膝を蹴られて、その場に直に座らせられた。

「くそっ」

毒づくと、「声を出すな」と、うしろの男がいった。

前から、かつかつとハイヒールで歩く音が聞こえた。誰かがこの部屋に入ってきたようだった。

「袋を外して」女の声だった。

この声は聞いたことがある。

頭から、袋が外された。前の部屋よりもずっと明るい照明だった。目を細めて、前方を見ると、月浦が白いワンピースを着て、そこに立っていた。腰に手をあて、俺を見ている。

俺の横には、ふたりの男が並んで跪《ひざまず》いていた。ほかにはそのまわりに五人の男、皆、目出し帽を被って、銃を持っている。

月浦は目出し帽を被っておらず、能面のように無表情で俺たちを見ていた。

月浦が跪いている三人の男たちを見ながら、いった。

「この世界で一番大切なものが何か知ってる？」

歩きながら三人の顔を見ていく。俺の前まで来ると、視線を切って反対方向に歩きはじめる。

「それは、〝倫理〟よ。人には、していいことと悪いことがある。すべては〝倫理〟によって決まる。信頼を裏切る行為をけっして、してはならない。したものは、罰せられる」

月浦は立ち止まって、横を向き、ひとりの目出し帽を被った男に手を伸ばした。

目出し帽の男がさっと近づき、彼女の手に拳銃を持たせた。オートマティックの拳銃だった。銃の種類まではわからないが、大きな口径の銃ではなかった。だが、殺傷能力はある。

月浦がまたゆっくりと歩きはじめ、俺から一番離れて跪いている男の前に立った。長髪の男だった。髪が肩までかかり、髪の一部を茶色に染めている。

「俺は何もしてない」男が懇願するように月浦を見あげた。

月浦は首を振った。彼女の長い黒髪も揺れる。

「もし、あなたが何もしていないのなら、ここには来ていない。これは裁判じゃないのよ。ただの執行の儀式」

そういって、銃をその長髪の男の顔に向けた。

そして、発砲した。

銃声が大きく部屋に響いた。空薬莢《からやっきょう》が飛びだして床に落ちる、カチンという音が聞こえた。

俺は目を瞠ってその光景を見た。男の頭がうしろにのけ反り、額から血が飛び散った。男はそのまますうしろに何の防御姿勢もとらずに倒れた。意識のない――生命のなくなった男は、まるでブロックが倒れるかのようだった。

直後、火薬の臭いが鼻を突いた。

――ほんとうに撃ったのか？

間違いない事実だったが、すぐには信じることはできなかった。

そう思っているあいだに、月浦が話しはじめていた。誰に話しているのかはわからない。この部屋にいる人間か、それとも彼女自身か、あるいは、全世界に向けての表明のようにも聞こえた。

「人が死ぬのは呆気ないものね。ロバート・キャパの有名な写真を見たことがある？『崩れ落ちる兵士』よ。スペイン内戦で共和国軍の兵士が銃弾に倒れた瞬間を撮った写真。実際にはあのとき人は死んでいないとか、いろいろ疑惑のある写真だけど、あれを最初に見たときは衝撃を受けたわ。そのとき思ったのは、死ぬ前と死んだあとの境目はほんの一瞬だってこと。そのときはじめてそれを自覚したの。あの人は、自分が死ぬことがわかったのかなって。わからないだろうなって思うのよね。だって自分が死ぬなんて想像できないでしょ。一瞬前まで生きてたんだから。一瞬一瞬の積み重ねで人生ができていて、その最期の一瞬で死ぬの。あたり前だけど、人生は永遠じゃないのよ」

そこまで月浦が話したとき、俺の隣で膝立ちしていた男が、ぺっ、と唾を吐いた。

「あんた、いったい、何がいいたいんだ。学校の先生気取りかよ。偉そうに」

月浦がその男の前に立って、冷たく微笑んで見おろした。

「わたしは、死ぬ前の人間に人生を振り返る時間を与えたいのよ」そこで軽く鼻で笑った。「学校の先生か……なるほどね。そうかもしれないわね。わたしはあなたたちに振り返ってほしいのよ。普通はできないことをしてもらいたいの。よく学校の先生がいってたでしょ。復習、まとめ、おさらい、まあ、なんでもいいけど、振り返るのが大事だって。人生の終わりにそういうことができるのは幸せだと思うのよね。きっと自分ではできないだろうから。そういう機会がある人には、ぜひ、そうしてもらいたい気持ちが自分のなかにはあるんでしょうね」

そのとき、男が膝立ちから立ちあがって月浦に突進した。しかし、ふらふらと立ちあがった男は、さっと避けられた月浦の前に倒れた。月浦が足を出して転ばせていたのだった。

「振り返りの時間だっていうのに、残念な男ね」月浦はそういって、ちらりと俺を見た。

目出し帽を被った男がふたり駆け寄ってきて、倒れた男を立ちあがらせた。そしてもとの位置に戻そうとする。男は必死になってそれに抗《あらが》った。

「やめてくれ！　俺はまだ死にたくない。俺は何もしてないんだ！　死ぬ必要はない！」

男が暴れ続けるので、目出し帽の男が何度か殴りつけた。ようやく静かになった男は、もとの位置で膝立ちさせられた。

月浦が男の前に立って見おろす。

「あなた、学校で静かにしなさいと叱られた口でしょ。やっぱりあなたには〝倫理〟がないのね」

そして、銃を持つ手をあげると、前の男と同じように男の額を撃った。男は、何かいいかけたかのように声を出しながら、うしろに倒れた。奇妙な光景だった。声を発しながら、男は死んでいったのだ。床に完全に倒れると、もう声も聞こえなかった。男が何をいおうとしたのかはわからなかった。ひどく重要なことをいおうとしていたのかもしれないが、言葉にならなければ、誰も理解することはできない。

俺は真横でその姿を見ていた。

月浦は、撃ったあとも銃を持つ手を伸ばしたまま、しばらくその姿勢を保った。細い腕にもかかわらず反動をほとんど感じていないようだった。銃口から硝煙が立ちのぼっている。火薬の臭いと、男の頭から吹きだした血の臭いが鼻を突いた。

「残念ね」月浦は呟くようにいって、銃を持つ手をおろした。

横に歩いて、俺の前に立った。

「次はあなたよ」

BAKER 13

「次は僕が運転する。君は少し寝たほうがいい」

そういったのは、広島の宮島サービスエリアでのことだった。太陽は、日本坂パーキングエリアから六時間をひとりで運転し続けていた。

僕が運転するあいだ、太陽は目を瞑ったままずっと何かを考えていた。彼が寝ていないのは、額に皺を寄せていることでわかった。

フィアットが山口に戻ったのは午後二時二十分だった。電話がかかってくるまで、あと四十分という時刻になっていた。

〈ストロベリー・フィールズ〉で、僕と太陽は鬼山からの電話を待った。

定休日ではない日に、店を休んで、カーテンをおろし、「CLOSED」の看板を提げた店のなかにいるのは奇妙な気分だった。

ときどき、店の前に車が停まる音が聞こえ、「CLOSED」の看板を見ては去っていく。その音を聞くたびに罪悪感がちくりと胸を刺した。彼らはこの店のパンを楽しみにやってくる。僕は厨房のステンレスの台に座り、彼らの期待を裏切っているのだ。

太陽はじっと何かを考えていた。

彼はいま何を考えているのだろうか?

これほど沈んだ太陽の姿を見るのははじめてだった。彼は常に明るく、エネルギーに溢れ、情熱の赴くままに突き進んでいく。

彼を曇らせる事態が起こっても簡単には諦めない。

そんな太陽が俯く姿を僕は見つめていた。

店の電話が鳴ったのは、午後三時過ぎだった。待つあいだに数件、電話がかかり、そのたびに太陽が応対していた。これまでかかってきていたのは、すべて取引先か、店が開いているかを確認する客からのものだった。こんな状況にもかかわらず、太陽は朗らかにそのどれもに完璧に対応していた。

しかし、このとき太陽の声は違った。彼は冷たく刺さるような声を出していた。聞きながら、テーブルに置いたメモパッドに何かを書きつけた。

「……こっちは用意できた。かならず行く」

そういって、彼は電話を切った。

「鬼山か？」僕は尋ねた。

太陽が僕を見て、頷いた。何かを思いつめたような蒼白な顔をしていた。

太陽がメモパッドを引き千切って、立ちあがった。

「座標の位置を知らせてきた。ひとりで来いといっている。俺ひとりで行く」

「駄目だ！」僕はいった。

太陽は僕を無視して、スーツケースを摑んで出ていこうとした。

「危険だ」僕は太陽の肩を摑んだ。

振り返った太陽の顔は、怒りに満ちていた。

——この顔だ。

僕を殺そうとしたときと同じ顔つきだ。

僕の手を振り解いて、太陽が僕に向き合った。

「いい争っている場合じゃない」太陽が僕に言葉をぶつける。

「わかってる。だけど、鬼山は何かを企んでいるかもしれない」

太陽が、ふっと表情を緩め、不思議に穏やかな顔で僕を見た。

「俺なら大丈夫だ。これは、俺の問題なんだ」

僕は首を振った。

「いいや、君だけの問題じゃない。君の問題は、僕の問題でもある。僕は君のパートナーだろう」

太陽はじっと僕を見つめた。

BOSS 13

「パートナーなんかにはなりたくない。殺すなら、さっさと殺せ」

俺は月浦を見あげた。

月浦は銃口を俺に向けて、俺を見おろしていた。せっかくいいパートナーになれたのに、と彼女がいったところだった。

彼女の表情は、下から見ると、ひどく不気味に見えた。精緻《せいち》な石像を人間のように着色したもののように見えた。人間に近くすればするほど、不気味に思えるような像だ。

——もう俺は、いつ死んだっていい。

この考えは太陽を殺してからずっと持っているものだった。何をしても、どう藻掻いてもあの充実感はとり戻せない。すべてのことが虚しくなっていた。太陽が死んで、俺の世界から完全に色がなくなっていた。

月浦の顔にはまったく感情がなかった。

「人生は皮肉ね。死にたくない者が死に、死にたい者は死ねない。まだ、あなたにはしてもらいたいことがあるから、あなたは生かしてあげる」

俺は首を振った。

「勝手だな。もう俺はあんたの仕事はしない。俺に無理やり仕事をさせようとしても無駄だ。俺にはもう大切なものは何もない。殺すなら、さっさと殺せ」

月浦は俺をじっと見つめていた。

この女に操られるのはうんざりだった。少しでもこの女の役に立つようなことはしたくなかった。

「大切なものがないの？　そうかもね」月浦はいった。手をうしろにして、歩きはじめる。「だけど、あなたは自由が欲しいんじゃないの？　わたしの組織から離れたかったんでしょう。次の仕事をすれば解放してあげるわよ。そうしたら、もうわたしもあなたもまったく関係がなくなるでしょ。それから、あなたの自由に生きたらいいわ。死にたければ勝手に死ねばいいし、何でもあなたの自由よ」

――自由か……。

そのとき、俺が考えたのは自由のことではなかった。まだこの女の大切なものを奪うことを考えていたのだ。それが俺と太陽の目指したことだった。

——悪人からものを奪う。

自由になれば、そのチャンスがまだあるかもしれない。

「それは、どんな仕事だ?」俺は月浦に尋ねた。

月浦は俺を見おろしながら、

「詳しい話は、この男から聞いて」

そういうと、まるで、この場所で起こったすべてのことに興味を失くしたかのようにドアに向かって歩きだした。

ここでふたりの男の人生が終わったというのに、しかも、それをした張本人だというのに、この女は何事もなかったかのように優雅に歩き去っていったのだ。

俺の前に、ひとりの目出し帽を被った肩幅の広い男が進みでた。ほかの男たちに命じて俺を立ちあがらせる。この部屋では月浦の次に決定権がある人間のようだった。

「こっちに連れて来てください」

肩幅の広い男がいい、俺は腕をとられ、男のあとを歩かされた。


誰もいない部屋に連れてこられ、椅子に座らされた。肩幅の広い男と、ふたりっきりになった。男は何も武器を持っていないようだった。

俺の前に椅子を持ってきて、男は座った。顔に手をやり、目出し帽を外した。目出し帽の下には、西洋人と日本人のハーフであるかのような顔が現れた。髪は黒で瞳は青い。見覚えのない男だった。歳は四十代だろうか。細身の体躯で、身体にぴったりした紺色に金のストライプの入ったスーツを着ていた。モデルといっても通用しそうな外見だった。

　髪の毛をくしゃくしゃと手で掻きむしった。

「これを被ると息苦しくて仕方ないですね」男はいった。

　妙に落ちついた口ぶりだった。

「俺に顔を見せても平気なのか？」

「平気ではないですけど、わたしは大事な仕事の話をするときには、顔を合わせてするようにしているんですよ。そのほうが間違いがありませんからね」

「今回は、普通の仕事じゃないのか？」

「まあ、違うでしょうね。危険度がぐっとあがります。ですから、普通の人には任せられません。あなたのような、いつ死んでもいいと思う人間が何人か必要になります」

「全員で何人いるんだ？」

「四人です。皆、いつ死んでもいいと思っている人間ですよ」

「よくそんな人間がいたな」

「報酬がいいですからね。あなたの場合は自由ですよね。自由はもっとも価値が高い」

「あんたは、この組織のナンバー2なのか？」

　男は細い脚を組んで、身体をのけ反らせた。

「この組織にナンバー2なんかいません。月浦さんか、月浦さんじゃないか、そのふたつだけです」

「……あんたは、あの女のすることに納得しているのか？」

「納得するも何も、ただ従うだけです。彼女は天才ですからね。金を稼がせてくれます」

「金が稼げたら、ほかのことはどうでもいいのか？」

「まあ、だいたいのことは。世界とはそういうものじゃないですか？　金を稼ぐ天才がいたら、その人に従うのが当然でしょう。それでは仕事の話をしましょうか」

まるで安価なビジネスの商談をするように男は淡々と話しはじめた。

BAKER 14

鬼山は、太陽に緯度と経度を知らせていた。指定してきた場所は、山口市の北西に位置する美《み》祢《ね》市の県道沿いの赤い屋根の廃屋だった。取引の時刻は午後五時。いまから約二時間後だ。グーグルマップで見るかぎり、付近には人家はなかった。あたりは鬱蒼とした樹々があるばかりだった。

太陽がひとりでその場所に行くことになったが、僕も僕なりに協力することを太陽は了承した。まず僕が別の車で先に現場へ行き、自衛隊のときにしていたように斥候として付近に潜んでおく。そして、鬼山が何か企んでいたとき、僕が援護する。もしも、鬼山が素直に金と引き換えに月浦を渡せば、僕は何もしない。

だが、僕は鬼山が素直に取引するとは思えなかった。かつて、僕が仲間の金を盗んだと嘘をついて、僕を罠に嵌めた男だ。

きっと何かを企んでいるに違いなかった。

そのためには武器が必要だった。太陽を援護するために銃が欲しいところだったが、山口で拳銃を調達するのは難しい。

しかし、まったくあてがないわけではなかった。山口県の猟友会のホームページがあり、そこに会長の住所が載っていた。猟銃しかないだろうが、ないよりはましだった。

僕は計画を立てると、すぐに〈ストロベリー・フィールズ〉を出た。自分の車——フォルクスワーゲンのコンパクトカーに乗る。

最初に向かったのは、猟友会の会長宅だ。会長宅は山口市黒川にあった。ここから車で三十分ぐらいのところだ。

盗みをするのは久しぶりのことだった。会長宅は三つの棟が連なった大きな家で、家の前には車はなく、誰もいないようだった。犬小屋があり、僕が家の前に車を停めると、茶色と黒のぶちのついた老犬が飛びでてきた。

犬が激しく吠えたてたが、僕はごく当然のように家に向かって歩いた。確認のため、呼び鈴を押したが、応答はなかった。

素早く鍵を開けると、家のなかに入った。僕にとってはまったく難しい鍵ではなかった。

三つの棟のなかをざっと見まわして歩いたが、ライフルは置かれていなかった。別の場所で保管しているのだろうか。家を出て、その隣にあった納屋へ行き、鍵を開けてなかに入ると、そこにライフルが仕舞われているような長細いケースを見つけた。ピッキングの棒を差し入れ、鍵を開けた。

そこに銃はあった。全部で五丁。二丁が散弾銃で、三丁がライフル。ライフルのなかで、一番新しそうなものをとりだした。ボルト式のもので、自衛隊時代に扱っていた自動小銃とは異なるが、扱うことは難しくないだろう。用が済めば戻すつもりだった。それまでにこの持ち主が猟に出かけなければ気づかれることはないはずだ。ケースの鍵をもとに戻すと、ライフルを持ってその家を出た。

犬がまだ吠えたてているなか、僕は車でその家を去った。

カーナビに鬼山の指定した地点を入力して、その場所に着くと、グーグルマップで見た廃屋があった。赤い屋根の二階建ての家で雑草がはびこり、屋根の一部は崩れ、壁にも穴が開いているような状態だった。

その場所をとおり過ぎ、三百メートルほど先で山道の入口に空いている場所を見つけて車を停めた。車をおり、樹々のなかに入っていった。山のなかを行動するのは自衛隊時代以来だ。人がとおった跡のない場所だった。樹をわけながら進んでいく。

三十分ほどかかって、取引場所に指定された廃屋が見える位置まで来た。廃屋までは五十メートルほどだ。樹と樹のあいだに場所を見つけて、下草の上に寝そべった。双眼鏡で観察すると、まだ誰も来ていなかった。待ち合わせの時刻までは、あと一時間。

十五分ほど経つと、黒のＢＭＷの大型セダン――おそらく7シリーズ――が廃屋の前に来たのが双眼鏡で見えた。約束の時刻よりもかなり早い。品川ナンバーだ。廃屋の前にある高級セダンはいかにも場違いに見えた。

すぐにＢＭＷのドアが開き、サングラスをかけた男が出てきた。

――鬼山だ。

もうひとり、鬼山より背の低い男がおりた。

月浦洋子の姿は見えなかった。ドアが閉まり、ふたりはあたりを見まわしながら廃屋のなかに入っていった。

――月浦はどこにいるのだろう？

その家には、当然電気はとおっていないはずだ。鬼山ともうひとりの男が入ったあと家には何も変化が起きなかった。

僕はもう少し近づこうと思った。屈んだまま、樹々のあいだを進む。二十メートルほど進んで、双眼鏡の角度を変えると、裏の戸口が外れた個所から、なかで椅子に座っている鬼山が見えた。鬼山は煙草を吸っていた。

右に二、三メートル匍匐《ほふく》して進むと、もうひとりの男が見えた。

僕はスマートフォンをとりだして、太陽にメールを打った。

〈鬼山が現場に着いた。月浦さんは見えない。一緒に建物には入っていない〉

すぐに返信が来た。

〈洋子は車にいるのか?〉

〈わからない。車内には見えない。トランクに入れられているのかもしれない〉

〈わかった。そのまま待機していてくれ〉

約束の時間の五分前になって、太陽のフィアットがやってきた。BMWの横に停まる。ドアが開き、太陽がおりた。妙に落ちついた顔つきをしている。服装は昼間に会っていたときと同じく白いシャツにジーンズという出で立ちだった。

太陽は後部座席のドアの前までまわりこんで、ドアを開け、なかからスーツケースを引っ張りだした。

スーツケースを持って、廃屋に向かって歩いていく。僕の耳には、イヤフォンがついていて、太陽のスマートフォンが拾う音声が流れるようになっている。太陽は僕と約束したとおり、取引の音声を僕に聞かせるようにしてくれていた。なかの様子がわかれば助けやすい。

双眼鏡で廃屋のなかを見ると、太陽が来たのに気づいた鬼山が立ちあがっていた。鬼山が歩きだすと、戸の隙間から彼の姿が見えなくなった。

僕はもう少し近づくことにした。ライフルを抱え、匍匐して進んでいく。鬼山の姿が見えた。ライフルを構える。

〈ボス、久しぶりですね〉

イヤフォンから鬼山の声が聞こえた。

〈月浦さんは、どこにいるんだ？〉と太陽の声。

〈金をちゃんと持ってきているとわかったら教えますよ〉

〈月浦さんを連れてくる約束だっただろ〉

〈連れて来ていますよ。だから、先に金を見せてくださいよ〉

沈黙。

カチ、カチ、と音が聞こえた。太陽がスーツケースを開けているのだろう。僕の位置からは太陽の姿は見えなかった。

直後、乾いた音が響いた。

——これは、銃声だ。

さらに三発、銃声が響いた。

そして、静かになった。

——何が起こったんだ？

まったくわからなかった。

僕はライフルを抱えて立ちあがった。廃屋に向かって駆けだす。

樹々を倒しながら走った。廃屋の前まで来ると、戸を外してなかに飛びこんだ。

そこには銃を構えた太陽が立っていた。その前に鬼山が倒れている。もうひとりの男は太腿を押さえて呻き声をあげていた。

　太陽は太腿を押さえている男に銃を向けて、怒鳴っていた。

「月浦さんはどこにいるんだ？　トランクのなかにいるのか？」

　脚を撃たれた男は、ぶるぶると顔を振った。

「し、知りません。僕はほんとうに知らないんです」

「知らないはずがないだろ！」

　太陽が男を蹴りつけ、男が転がった。

　そのときに、気がついた。太陽が左腕をだらりとさせているのだ。シャツの左腕が血で染まっている。

　――これは返り血ではなく、撃たれたものだ。

　鬼山は倒れたまま、まったく動かなかった。

　僕は、何をすればいいのかわからず、ただ太陽が男を蹴りつけるのを黙って見ていた。

BOSS 14

　俺はヴァンの後部に座っている三人の男たちを見ていた。後部座席はすべてとり払われて、皆床に直に座っている。

　時刻は昼過ぎだった。

命知らずの男たちだと聞いていたが、いつものように目出し帽を被って黒ずくめの姿は、これまで組んできた男たちとまるで変わりないように見えた。俺も目出し帽を被っている。

ヴァンの後部座席の窓には黒いフィルムが貼られ、外が見えないようになっていた。運転席とのあいだに仕切りがあり、前は見えない。

誰も話す者はいなかった。皆、この場所が盗聴されていることを知っているからだ。それぞれは、高い報酬を約束され、ただ仕事を遂行するために集まった者たちだ。

車は夜の街を長いこと走っていた。かれこれ二時間ぐらいだろうか。

運転しているのは、俺にこの仕事を命じた、あのハーフ顔の男だった。この男だけは顔を出している。彼は仕事が終わるまで待ち、そのあと俺たちをピックアップして帰ることになっていた。この男は運転手をするよりも、ずっと高い地位にいるのかもしれないと思っていたので意外だった。それだけ、この仕事がいつもとは違うことを意味しているのかもしれなかった。

ヴァンが停まった。

運転席との仕切りが横にスライドし、そこからハーフ顔の男が顔を出した。

彼が話す。

「皆さん、準備はいいですか？　敵の人数はわかりませんが、四、五人といったところでしょう。向こうは武器を持っています。ですから、こちらも武器を持っていきます。まあ、でも、向こうの腕は大したことないはずです。素人ですからね。イプシロンだけは全員を制圧してから入りますから、わたしの合図を待っていてください。それでは、順に武器を渡していきます」

男たちは順々に武器を受けとっていった。ふたりは拳銃でもうひとりはサブ・マシンガン。俺だけは呼ばれなかった。俺がイプシロンだった。

これまでの仕事でもひとりかふたり拳銃を持つことがあったが、三人も武器を持っているのははじめてだった。

男たちは武器を持ち、声を出さずに車からおりた。俺ひとりだけ、車内に残った。

三人がおりると、スライドドアが閉められた。

ドアから垣間見えたのは殺風景な場所だった。あたりに家はなく、ターゲットの家がぽつんとあるだけだ。物騒な家だと聞いていたが、見かけは一般的な家と変わりがない。

俺は後部座席の壁にもたれて、ここへ来る前にハーフ顔の男にいわれたことを思いだしていた。

この家には詐欺師集団がいるということだった。なかに大型の金庫があり、それは外国製の珍しいもので、開けられる者がチームには俺のほかにいなかった。俺の役目は鍵を開けることだけで、それ以外のことはチームのほかの連中がする。

俺が呼ばれたのは、男たちが出ていって十分ほど経ってからだった。ハーフ顔の男がスマートフォンで誰かと話してから、俺を呼んだ。

「イプシロン、出番ですよ」

うしろに手を伸ばして、男は俺に金庫を開ける道具を渡した。電動ドリル、聴診器、ピッキング用の鉄棒、それに拳銃。ミネベアの九ミリ拳銃だった。自衛隊時代に使っていた拳銃と同じタイプのものだ。

それを受けとりながら、俺は尋ねた。

「俺にも拳銃がいるのか？　なかは制圧されてるんじゃなかったのか？」

「念のためですよ」

道具をポケットに詰め、スライドドアを開けて外に出た。気温は低く、川の匂いがした。近くに川があるのかもしれなかった。

家に向かって歩いていく。平屋で、手入れされていない庭がある。家の前にはスポーツタイプの車が一台と、古いトヨタの車が一台。それと自転車が二台あった。家のなかには灯りが点いていた。

ドアを開けると、すぐに血の臭いがした。そして火薬の臭い。

なかは凄惨な光景が広がっていた。壁まで血が飛び散っている。五人の男たちが倒れていた。皆、銃で撃たれて死んだようだった。倒れている者のなかには、外国人らしき男もいた。その男は口を開き、天井を見つめる形で死んでいた。

目出し帽を被った男たちは、立ったまま俺を待っていた。ヴァンに乗っていた連中は全員無傷のようだった。彼らの持つ銃器には、すべてサイレンサーがとりつけられていた。

俺が入ると、ひとりの目出し帽を被った男が、こっちだ、と案内した。男について歩く。部屋のなかはスナック菓子の袋やカップラーメンの容器、空き缶が散乱していた。

金庫は一番奥の押入れのなかにあった。古いダイヤル式の金庫だ。ここへ持ちこむのは大変だったと思われる大きさのものだった。五百キロはありそうだ。高さは一・五メートルほどか。古いアメリカ製の金庫だが、使用頻度が高いのか、真鍮《しんちゅう》のダイヤル部分だけが光り輝いていた。

俺は金庫の前に座りこみ、うしろにいる目出し帽の男にいった。

「二十分はかかる」

男は、わかったというように頷いた。

俺は金庫のダイヤルから二センチほど右横に聴診器をあてた。

昔からそうだったが、金庫を開けるとき、ほかにどんな悩みがあっても、それらは雲散霧消し、いつも気持ちを落ちつけることができた。俺と金庫しかない世界――金庫をつくった者と俺との一対一の勝負だ。向こうはもはや変更することはできないから不利だが、そのぶん時間をかけてつくることができる。対する俺は、いつも短い時間で解かなければならない。

うまい金庫づくりは、泥棒がどうやって開錠するかを想定して鍵をつくる。

この金庫をつくった者はどんな気持ちでこれを製作したのだろう、と思った。とくに昔の金庫は手がこんでいて、職人の技術を感じることができる。なかにはいいかげんな仕事をしているものもあったが、この金庫は、丹念につくられていた。こんなゴミだらけの家には似つかわしくない代物だった。

ついに、俺は、この金庫を開錠する最終段階まで辿り着いていた。ドリルで開けた穴に針金を差しこむ。針金を右に五ミリほどずらす。さらに奥へ針金を入れ、そこにある小さなT字型のでっぱりに引っかけて前に倒した。

カチリ。

——これで俺の勝ちだ。

「開いたぞ」

俺はうしろにいる者に声をかけた。

仲間たちは慣れたもので、俺が開錠作業をするあいだ、一切声を出さず、物音ひとつさせなかった。大金がもらえ、この場さえ盗聴されていることもあるのだろうが、大の大人たちがここまで静かに命令を聞いているのは奇異な感じがした。

男たちが俺のうしろに集まってくる。

俺はレバーに手をかけた。

ふとレバーの横にあるダイヤルに目を向けると、真鍮の表面に、俺の真うしろにいる男の姿が映っていた。

男が銃を持ちあげて、俺に向けている。

——これが開いたら、俺を殺すように命じられている……。

咄嗟《とつさ》にそう思った。いかにもありそうなことだった。考えれば、俺をこのまま自由にするはずがなかった。

俺は右手で軽く左肩を揉み、レバーを持つ手を左手に変えた。そして右手で、うしろの者には知られないようにして拳銃を摑んだ。拳銃はほかの道具と一緒に前に置いていた。俺の身体で陰になって、背後の男には見えなかったはずだ。

金庫を開ける前に振り返って、男を撃とうと思ったのだ。

が、そのとき、気がついた。

――弾が入っていない？

この拳銃は、自衛隊のときにずっと使っていた拳銃と同じだ――ミネベアの九ミリ拳銃。俺は持っただけで弾が入っているかどうかわかる。

――くそっ。

軽く振ってもう一度確かめてみる。

やはり、この拳銃には弾が入っていない……。

どうして受けとったときに確かめなかったんだと自分を罵《ののし》った。

だが、もはやどうしようもない。

振り返ったとたん、俺は撃たれるだろう。この状況では金庫を開けるしかなかったが、開ければ撃たれる。

――どうすればいいんだ？

「どうして撃ったんだ?」僕は太陽に怒鳴った。

太陽が血走った目で僕を見た。

「鬼山が最初に撃ってきた。俺を殺すつもりだったんだ」

僕は太陽の持っている拳銃を見た。そんなものは店にはなかったし、太陽も持ってなかったはずだ。

太陽が拳銃に目を落とした。

「護身用に持ってきたんだ。こいつは昔から持っているものだ」

僕は盗みから足を洗うと決めたとき、持っていた拳銃を処分した。しかし、太陽はそうではなかったようだ。ずっと拳銃を持ち続けていたのだ。パン屋には必要のない道具を。

「君は、いったいどうしちまったんだ?」

僕は太陽の手首を摑んだ。

太陽が手荒く、僕の手を振り解いた。

「やめてくれ! 俺は、お前が思うような人間じゃないんだ。お前は俺のことを神か何かみたいに思っているようだが、俺はそんな人間じゃない! 完璧な人間なんかじゃないんだ! ただの男なんだ」

「違う！　君は、そんな人じゃない！」

僕は、太陽を睨みつけた。その、怒れる男を直視した。いつだって、僕の網膜を焼きつくすほど眩い光を放ってきたこの男を、僕はまっすぐに見つめた。

――違う、君は完璧なんだ！

彼が完璧であることは間違いなかった。なぜなら僕がそう思っているからだ。僕の世界においての基準は僕にある。僕がそう思っているかぎり、彼は完璧だった。そして、それが揺らぐことは永久にない。

僕と太陽はしばし、睨み合った。それはどのくらいの時間だったかわからなかったが、ひどく長く、まるで永遠とも思える時間だった。

先に視線を外したのは、太陽だった。

太陽はしゃがみこむと、呻き声をあげている男の頸《くび》を摑んだ。

「いえ！　月浦さんはどこにいる？」

男が苦しそうに呻き声をあげ、太陽はさらに頸を絞めた。

「お、俺は、ただ雇われて来ただけなんだ……何も知らない。すべてを知ってたのは、あんたが殺した奴だ。あいつがアルファなんだ」

「アルファ？　なんだそれは？　月浦さんはトランクにいるのか？」

「いや、いない。トランクにはいない……最初から……連れてきてない。あんたを殺して金を奪うだけだった……」

「最初から連れてきてない?」

太陽は男の頭を床に打ちつけて、立ちあがった。

「くそっ」

苛立たしそうにあたりを見まわして、もう一度しゃがみこむ。そして、また男の頸を絞める。

「月浦さんは、どこなんだ?」声をあげて、頸を絞めたまま何度も何度も頭を床に打ちつける。

「ほ、ほんとうに、知らない……」

「仲間とはどうやって連絡をとるんだ?」

「連絡は……と、とらない、いつも……盗聴されている」

「盗聴? どういう意味だ?」

そのとき背後から声が聞こえた。

「動くな」

目出し帽を被った男たちだった。黒いスウェットを着こんでいる。いつのまにか完全に背後をとられていた。合計三人の男たちが、僕と太陽の背後にいた。彼らの手にはそれぞれ拳銃が鈍色《にびいろ》に光っていた。

「お前たちは誰だ?」太陽が訊いた。

男たちは黙って、僕たちに銃を向け続けていた。

金庫を開ければ撃たれることは間違いなかった。俺は背中に銃を向けられているのを感じていた。脇から汗が一筋流れる。

レバーから手を外した。

何気ないふうを装い、振り返らずにうしろの男に声をかけた。

「……まいったな。この金庫は二重だ」

「二重？」うしろの男が尋ねた。

俺はゆっくりと振り返った。

男たちは、俺に銃を向けてはいなかった。俺が振り返るあいだに手をおろしたのだろう。おそらくこの男たちは、金庫が開いたら俺を殺すように命じられているのだ。開けるまでは撃ってこないに違いない。

俺は真うしろにいた男にいった。

「この金庫は、この扉の内側にもうひとつドアがあるタイプだった。呼んですまなかった。もう少し待っていてくれ」

男たちは何もいわなかった。ただ軽く頷いただけだった。

——嘘がばれただろうか？

わからないが、確かめるまでは撃たないだろうという確信もあった。この男たちは金庫を開ける技術がないのだ。この内側に、もし、もうひとつの扉があれば、困ったことになるのはわかっている。

しかし、問題は、この扉の向こうには、もう扉はないということだった。時間稼ぎのためについた嘘だったが、時間が稼げたところで、どうしようというあてもなかった。ただ結果を先延ばしにしただけかもしれない。

だが、まだ諦めたくなかった。いつ死んでもいいと思ったが、こんなふうには死にたくない。

――騙されて、うしろから撃たれて死ぬなんて……。

まだ、チャンスはあるかもしれない。男たちは、俺がもうひとつの扉を開錠するのを待つことになる。俺がこの扉を開けたとき――横に素早く動けば、彼らは俺を撃つことを躊躇《ちゅうちょ》するだろう。どうして、もうひとつの鍵を開けないのかと思うからだ。だが、躊躇しない可能性もある。俺が嘘をついて逃げただけだと思えば、迷わず撃つだろう。

横目であたりを見るが、銃のような武器は見えなかった。ゴミが散乱しているだけだ。だが、そのなかにひとつだけ武器になりそうなものがあった。

ワインボトルだ。

もし、扉が開いた瞬間、横に跳んで、あのワインボトルを摑めば、まだ闘えるかもしれない。

しかし、相手には銃がある。おまけにひとりはサブ・マシンガンまで持っている。

到底勝ち目はなかったが、このまま背中を撃たれるよりは、マシな死に方になる。

どうせ死ぬなら、闘って死にたい。

俺はこの決定を目まぐるしく回転する頭のなかでくだし、意を決してレバーに手をかけた。

そして、レバーをまわして、扉を開いた。横に跳ぶタイミングを図ろうとしていたとき、金庫のなかにあるものを見て、咄嗟に計画を変えた。

――もっといい方法がある。

金庫のなかには現金の束が見えたが、その上に拳銃が置いてあるのが見えたのだ。オートマティックの拳銃だ。もちろん弾が入っているかどうかを確認する余裕はない。ただひとつだけいえることは、ワインボトルよりもはるかに役に立つ、ということだった。

拳銃に手を伸ばして、それを摑むと、俺は左に跳んだ――。

BAKER 16

「銃を下に置くんだ！」

目出し帽を被った男が僕と太陽にいった。

この狭い廃屋の部屋で、いつのまにか三人の男たちが背後に来ていた。

最初に太陽が拳銃を下に置いた。抵抗しても無駄だと思ったようだった。それは僕も同じだった。相手は三人で完全に背後をとられている。ひとりぐらいは倒せるかもしれなかったが、全員は無理だ。しかも僕が持っているのはライフルで、すぐに撃つことはできない。

僕もライフルを下に置いた。

ひとりの男が近づいてきて、拳銃とライフルを蹴って僕たちから離すと、今度は跪くようにと命じた。

僕と太陽は、いわれたとおりに膝を床についた。

男が僕の手をうしろにやって、手首に白いプラスティックの結束バンドを嵌めた。この場で僕たちを殺すつもりはないようだった。太陽もうしろ手に結束バンドを嵌められていた。

「月浦さんは、どこなんだ？」太陽がいった。

男たちは誰も答えなかった。

――いったい、この男たちは誰なんだ？

手慣れた動きに見えた。男たちは決められた手順に従って動いているようだった。僕と太陽をうつ伏せにして、ポケットを探る。スマートフォンと車のキーを奪われた。

僕と太陽の口に紐を巻いて話せないようにし、その上に頭から黒い布の袋を被せられた。首のところで紐を軽く締められる。息はできるが、外はまったく見えなかった。

それから立たせられ、歩かされた。背中を押され、前が見えないまま歩かされる。どこに段差があるかもわからなかったが、男たちに押されるがままに歩くしかなかった。

音が変わり、外に出たことがわかった。そのあと、頭を押されて、僕は車のトランクに入れられたようだった。太陽がどこにいるのかはわからなかった。僕とは別の車のトランクに入れられたのかもしれなかった。

車のエンジンがかかる振動がして、発進した。

——僕たちはどこに連れていかれるのだろうか?

寝そべったまま硬い床で揺られた。口を布で縛られ、顔に袋を被せられているため息苦しかった。酸素が少なくなり、意識が遠のいていくのがわかった。

エンジン音がうるさく響いていたが、やがて、その音も遠くなり、僕はいつしか意識を失っていた。口を縛っている布に何か薬品が染みこませてあったのかもしれなかったが、確かめる術はなかった。


がたん、という音が聞こえ、びくっとして目を覚ました。トランクが開けられる音だった。外はすっかり明るくなっていたようで黒い布をとおしても目に日光を感じた。

何年間もこの姿勢でいたかのように身体が硬かった。どれだけトランクのなかにいたのかはわからない。気を失っていたようだった。身体はあちこちが痛く、とくに右肩のうしろの痛みがひどい。腰も痛かった。

身体を伸ばそうとしたとき、誰かに身体を捕まれた。まだ頭は完全に覚めきっておらず、身体を思うように動かせなかったので、トランクの端で脛を打った。僕が呻き声をあげるのも構わず、男たちは僕を強引に外に引きずりだした。

床に落とされる。舗装されていない場所だった。

「立て」

服を摑まれて、無理やり立たせられた。うしろから手で押されて、歩かされる。よろめく足を繰りだしながら歩いた。

まったく場所の見当がつかなかった。車でずっと走っていたのだとしたら、だいぶ遠くまで来たはずだ。太陽がどこにいるのか聞きたかったが、口を縛られているので声が出せなかった。男たちに押され、恐怖のなかを歩くしかなかった。日が差しているということは、十時間以上は気を失っていたのだろう。

声は聞こえなかったが、息遣いから、数人がまわりにいるのがわかる。舗装されていない道を数人で、ざ、ざ、と音を立てながら歩いている。僕の前でも誰かが歩いていた。

――いったい、この集団は何なんだ？

鬼山の仲間だろうということ以外はわからなかった。トマリの話によると、盗みをする集団だということだったが。それにしても奇妙な集団だった。

突然、日が陰り、ひんやりとした空気を感じた。建物のなかに入ったようだった。硬い通路を歩かされる。コンクリートだろう。カツ、カツ、と靴音が変わった。方向を変えられ、階段を歩かされる。

三階分ほどのぼって着いた階で、どこかの部屋に入れられた。

「前を向いてろ」と、うしろの男にいわれ、頭に被っている袋を外された。

コンクリート張りの部屋だった。窓はベニヤ板で覆われ、鉄格子も嵌《はま》っている。ベニヤ板の隙間から日が差しこんでいた。

猿轡《さるぐつわ》を外され、手に嵌めていたプラスティックの結束バンドもとられた。手首は長いあいだプラスティックの結束バンドを嵌められていたせいで赤い一条の線がくっきりと残り、内出血を起こしていた。

手首を摩りながら、うしろの人間に尋ねた。

「ここは、どこなんだ?」

答えは返ってこなかった。

うしろにいた者たちは、僕を拘束していた道具をとり去ると、そのまま何もいわずに部屋を出ていった。ドアがばたんと閉められた。

振り返ると、そこにはもう誰もいなかった。

——何でこんなところに連れてこられたんだ?

部屋の隅には、汚い便器がひとつあり、そこから悪臭が漂っていた。

BOSS 16

インスタントラーメンの容器が散らばる、汚い部屋の片隅で俺は銃を構えていた。銃口からは硝煙があがっている。

部屋には静寂が訪れていた。

こんなところで自衛隊時代のスキルが生かされるなんて、奇妙な気持ちだった。俺は、三人の男たちを拳銃で撃ち倒していた。

金庫に入っていた銃を摑んで、金庫の前から横ざまに跳び、身体を捻って、三人を撃ったのだ。彼らは、まさか俺が弾丸の入った銃を持っているとは思っていなかったのだろう。完全に彼らの不意をついていた。

俺の放った弾丸は彼ら全員の胸に命中していた。一番遠くにいた男だけは、撃たれたあと、すぐには倒れずに、俺に銃を向けたが、俺はもう一発彼の頭に撃ちこんだ。男は手を広げ、頭をのけ反らせて倒れた。

その男が倒れると、部屋は完全に静まり返った。

部屋のなかには、詐欺師五人の死体に、あらたに三人の男たちの死体が加わっていた。

凄惨な光景だった。かつて一度にこれほどの死体を見たことはない。ベテランの自衛隊員でもこれだけの凄惨な光景を見たことはないだろう。

俺は目出し帽をとると、荒い息を繰り返し、ゴミだらけの部屋の壁に背をつけて呆然とした。

月浦とあのハーフ顔の男の計画では、俺がここで死ぬはずだったのだろうが、俺は生き残り、ほかの者は全員死ぬことになった。

——いつだって、そうだ。

俺のまわりの人間は死んでいく。実家の火事のときも、太陽が俺を殺そうとしたときも、俺だけは死ねない。どういう星の巡り合わせかわからないが、俺だけは死ねないようになっているのだ。

——くそっ。

自分でも何に腹を立てているのかわからなかった。必死に生き残ろうとした結果、それが成功したにもかかわらず、俺は無性に腹が立っていた。

どうして、いつもこうなるんだ！

持っていた拳銃を口に銜えた。

引き金を引く人差し指の力を強める。

ぶるぶる、と指が震えていた。

——くそっ、死ぬのが怖い。

俺は死にたいのか、死にたくないのか、どっちなんだ！

拳銃を口から離し、向こうの壁に向けた。壁には裸の女のグラビアポスターが貼られていた。女は陽光のなか、上半身を剝きだしにし、ビールジョッキを片手にこちらに微笑んでいる。

俺は撃った。

銃声が響き、俺の放った銃弾は女の目の前の青空にあたっていた。ポスターに開いた穴からうっすらと煙りが立ち昇る。

その瞬間、自分のするべきことがわかった。

——あの女……。

そうだ。月浦を殺さなければならない。あいつは生きている資格のない女だ。俺も生きる資格がないが、それはあいつも同じだ。

俺にはまだ、それができる。悪い奴らに報いを受けさせる。それが俺と太陽の目指したことだ。

あの女はどこにいる？

BAKER 17

「どこに行くんだ？」

男たちは僕に銃を向けていた。あいかわらず、こちらの質問には答えない。僕は目出し帽の男たちに呼ばれ、部屋を出された。監禁されてから、二、三時間が経ったころだった。ふたたび拘束されることはなかったが、どこに連れていかれるのかわからないままに暗い建物のなかを歩かされた。

銃を持つ男たちの指示に従って通路を歩くと、やがて、ひとつの小部屋に入った。そこは刑事ドラマで見たことがあるような尋問する部屋のように見えた。小さなスティールのテーブルに、パイプ椅子が二脚向かい合わせに置かれている。デスクの向こうにある窓には、鉄格子がとりつけてあった。

僕はドアから遠いほうの椅子に座るように命じられて、椅子に座った。座ると、またうしろ手にプラスティックの結束バンドを嵌められ、脚もロープでパイプ椅子に括りつけられた。

それが済むと、男たちは部屋から出ていった。ドアは開けられたままだった。

しばらくすると、通路の奥から、カツカツ、と靴音が聞こえ、黒のワンピースを着た、月浦洋子が現れた。

僕と目が合うと、月浦は、にこり、と微笑んだ。僕が最初に店で月浦を見たときの印象そのままに爽やかな笑顔だった。

「どうして……」

僕は思わず声を出していた。

彼女がここにいるのかもしれない、と思っていたが、まさか自由の身になっているとは思ってもみなかった。彼女は攫《さら》われたはずだった。それなのに、月浦は何の拘束もされず、優雅なワンピース姿で現れたのだ。

月浦は、椅子を引いて、そこに座った。身体を斜めに向け、足を組む。

「二岡さん、元気そうね」

——元気そう？

この女は何をいっているのだ？　僕の頭は混乱していた。

「あなたは攫われたんじゃなかったんですか？」

月浦が鼻で笑った。

「攫われたふりをしただけよ」

「……ふりをしたって、どういうことですか？」

「つまりは、一億円を騙しとろうとしたってことよ」

「騙しとるって……。それじゃあ、太陽は？」

「ああ、太陽君、ね。彼なら別の場所に監禁してるわ」

――監禁……。

僕は唖然とした。太陽はこの女を救うために、一億円を渡そうとしていたのだ。それなのに、何事もなかったように、監禁している、という。

「鬼山君がね」月浦が気軽な調子で話しはじめた。「鬼山君のことは知ってるわよね。前にあなたたちの仲間だったんだから。その鬼山君は、いまわたしの組織で働いているんだけど、あなたと太陽君が一億円を持ってて、その金は自分の金だっていうの。それならとり返しましょ、という話になってね。あなたたちのことは、昔から知ってたから興味があったしね」

月浦はそこで微笑んだ。

「それに、ふたりとも男前だったしね。それで、わたしが最初に会ってみたの。そしたら、太陽君と妙に気が合ってね。これなら、わたしひとりで金の隠し場所を探しあてられるかなと思ったんだけど、うまくいかなくてね。だから、鬼山君を使うことにしたの」

僕はぎりぎりと奥歯を噛みしめた。

「太陽を利用しようとしたのか？　太陽は本気だったんだぞ。あんたのことが好きだったんだ！」

月浦は両眉をお道化るようにあげた。

「そうなのよね。それが誤算だったのよね。まさか、そんなに好きになってくれるなんてね。ただ情報を得たかっただけなのに。でも、それで新しい計画が立てられたんだけど」

「……よくもそんなことができたな。あんたには、人の心はないのか？」

月浦が身体を前屈みにして、テーブルに両肘をついた。覗きこむようにして、僕を見る。

「人の心って何？　誰かを愛するとか、そういうこと？　わたしにも大事に思ってるものはあるわよ。それはね、お金。お金って絶対に裏切らないの。人の心は変わるから信用できないでしょ。でも、人の心はよく理解してるわ。理解してるからこそ利用できるのよ」

「利用って……心はそういうものじゃない！」

月浦が、残念そうに頭を軽く振りながら体重を背もたれに移した。足を組み替える。

「わたしはね、お金も大事だと思ってるけど、一番大切にしてるのは、〝倫理〟よ。この世界で守るべき唯一のもの。自分の大切なものには正直に、嘘をつかないってこと。これを大切に生きてるの。大切なもの以外は――そうね、騙したり、裏切ったりしても平気かな。それは大切なものを守るためだから」

この女は、何をいってるんだ。金が大切なのは間違いないが、それが一番上ではない。それに、何が〝倫理〟だ。この女は倫理の意味を完全にはき違えている。そして、そのおかしな倫理観を完全に自分の頭にとりこんでしまっている。

「あんたは、もう一億円をとったんだろう。だったら、どうして僕と太陽を解放しないんだ？」

「正確には八千万ね。どうしてあなたを解放しないのかっていうと、まだ、あなたに利用価値があることを知ってるからよ。鬼山君から聞いたんだけど、あなたって、どんな鍵でも開けられるんでしょ。そういう人間が必要な仕事があってね。ぜひ、あなたにしてもらいたいと思って」

僕は思わず、この女に摑みかかろうとして立ちあがった。が、脚が椅子に括りつけられているので、うまくは立てなかった。音を聞きつけたのか、すぐに何人かの目出し帽を被った男たちが部屋に入ってきて僕を押さえつけた。

月浦は、大丈夫、と男たちにいって、さがらせた。

僕は月浦を睨んだ。

「あんたの仕事を僕がするとでも思ってるのか?」

「もちろん、タダでとはいわないわ。見返りはある。この仕事を引き受けてくれたら、太陽君とあなたを解放してあげる。そうしたら、またパン屋ができるでしょ。ただし条件は、国外に行くこと。国内にいると、いろいろ困ったことが起こるかもしれないしね。フランスなんてどうかしら。太陽君はフランスで修業してたんだよね。ふたりでフランスに行ってパン屋を開いたら?いい話じゃない?」

「ふざけるな!　あんたの言葉は信じられない」

「それじゃあ、ふたりとも死ぬことになるわよ。あなたが仕事を受けて、ふたりが生き残るか、仕事を断ってふたりとも死ぬか、どっちがいいの?　あなたは太陽君のことを大切に思ってるんじゃないの?　あなたの決断次第で、彼が死ぬか生きるかが決まるのよ」

僕は月浦を睨みつけながら、いった。

「僕がその仕事を受けて、僕たちが解放される保証はあるのか？」

「さっきもいったでしょ。わたしは倫理を大切にする。だから、約束は守るわ」

「あんたの倫理なんか信じられるわけないだろ。自分の好きなようにしたいだけだ」

「だけど、あなたは従うしかないのよ。太陽君はわたしが持っているんだから。わたしはお金が欲しいだけ。あなたたちを殺してもまったくお金にならないしね」

「ふざけるな！」

「ふざけてはないわ。正直に話してるのよ。どうするか十秒で答えを出して。太陽君を生かすか殺すか」

月浦が、僕の顔を見ながら、ゆっくりと、かぞえはじめた。
一、二、三、四――。
「もういい」僕は月浦がかぞえるのを遮った。

「あんたの仕事をする。だから、太陽を殺さないでくれ」

月浦は僕をまっすぐに見て、微笑んだ。

この女は人の生き死にの話をするときにも不思議な美しさを保っていた。整った顔だちが歪《ゆが》むことはない。心がこれほど歪んでいるというのに、この歪んだ心は、奇妙に屈折し、外に出ていくときには美しい光に変わっているのだった。

「それじゃあ、話は別の者にさせるから」

月浦は立ちあがった。

「ちょっと待て」僕はいった。

「太陽は、どこにいるんだ？　仕事をする前に無事かどうか確かめさせてくれ」

「それは無理ね。仕事を成功させたら、かならず会わせるわ」

「どこにいるのかだけでも教えてくれ」

月浦は律儀にパイプ椅子をもとに戻して、僕を見た。

「この階の西の端の部屋にいるわ。この部屋を出て、右の突きあたりよ。撃たれた腕の治療もしたのよ。心配しなくても彼は元気よ」

僕は月浦を睨みつけた。

「約束はかならず守れよ」

月浦はただ微笑んだだけだった。

それからしばらくして、男がやってきた。

「こんにちは」

男はいい、僕の前の椅子に腰をおろした。

男は肩幅が広く、痩せている。高級そうな細身のスーツを着ていた。顔は西洋人と日本人のハーフのように見えた。高い鼻を持ち、瞳が青い。髪の毛は黒く、うしろに流している。年齢は四十代だろうか、目じりに細かい皺があった。高級スーツを扱う店の店員のような雰囲気がある。

「それでは、仕事の話をしますね」

爽やかな笑顔で、ハーフ顔の男はいった。

ハーフ顔の男の話が済むと、僕は確認した。

「つまり、その詐欺師集団の家で金庫を開ければいいんだな」

「まあ、そういうことですね。なかには人がいますが、こちらの仲間が制圧しますから、あなたは誰とも闘う必要はありません。ただ金庫を開けるだけです」

「難しい金庫なのか？」

「そう聞いています。情報では外国製で古い金庫だそうです。開けられますか？」

僕は頷いた。

僕は、時間さえあればどんな鍵でも開けられる。

「あなたと一緒に行ってもらうのは、三人の命知らずの男たちです」

それでは行きましょうか、とハーフ顔の男はいい、僕の脚に巻かれたロープを解くと僕を階下に連れていった。

階下へおりる際、太陽が監禁されている部屋を確認した。それは通路の先にあった。僕が閉じこめられていた部屋と同じように鋼鉄製の重そうな扉が見える。

一階までおりると、また頭に袋を被せられ、建物の外に出た。ハーフ顔の男の指示に従ってヴァンの後部座席に乗った。

車のなかに入ると、袋を外され、目出し帽を被るように指示された。

ヴァンの窓ガラスには黒いフィルムが貼られ、外が見られないようになっていた。運転席と後部座席との境にも仕切りがあり、前方も見えない。

運転席には、ハーフ顔の男が座ったことがわかった。それは、運転席から、あのハーフ顔の男の声が聞こえたからだった。

「行きますよ」

ヴァンがゆっくりと発進し、がたがたと揺れる道を走った。揺れはひどく、座席がとり除かれた硬い床の上で、僕は左右に揺れながら乗っていた。

最初は僕一人が後部座席に座っていたが、それから三ヶ所で車は停まり、そのたびに目出し帽を被った男が乗りこんできた。

BOSS 17

俺は金庫からとりだした金をボストンバッグふたつに詰めた。そしてボストンバッグを両肩に担ぎ、男たちの死体のあいだを歩いた。入ってきたときとは反対側の裏口のドアから家を出る。そして身を屈め、ハーフ顔の男に見られないようにまわりこんでヴァンに向かった。

運転席のウィンドウを叩くと、ハーフ顔の男はぎょっとした顔を俺に向けた。が、すぐに引き攣《つ》った笑顔を見せた。俺はウィンドウ越しにハーフ顔の男に拳銃を向けた。そして、車の外に出るように拳銃を振った。

ハーフ顔の男がよくわからない、といった顔をした。もう一度、男に銃を向けると、男は首を振りながらドアを開けた。

「どうしたんですか?」

俺は首を捻っておりるように示した。

ハーフ顔の男は両手を軽くあげながらおりてきた。

「ドアを閉めろ」俺は小声でいった。なるべく声を盗聴されないためだ。

怪訝《けげん》な顔をしながら男はドアを閉めた。

「動くんじゃないぞ」ふたたび小声でいい、男のジャケットのポケットを探った。スマートフォンを見つけると、それをとりだした。

スマートフォンを下に落とし、足で踏みつぶした。

「あーあ、これにはたくさんデータが入ってたんですよ」

とくに残念そうには見えない顔つきで男はいった。

ハーフ顔の男を睨みつける。

「死ぬよりはマシだろう。盗聴されたくないだけだ。あんた、俺が戻ってきたことに驚いているんだろう」

ハーフ顔の男は、ふう、と息をひとつ吐いた。

「まあ、そうですね。予定では、あなたが死ぬはずでした。まあ、予定は狂うものですから」そういって、家のほうに視線を向けた。

「生き残ったのは、あなただけですか?」

俺は頷いた。

横に置いていた現金の入った、ふたつのボストンバッグを足で男に近づけた。

「金は持ってきた。これで全部だ。六千万ほどある」

「じゃあ、成功ですね」

「まだだ」

「まだ？」

「あんたと別の取引をしよう」

「はあ……どんな取引でしょうか？」

「あんたは金が欲しいんだろう。この金をすべてやる。そのかわり、あの女の居場所を教えてくれ」

ハーフ顔の男は強張った笑顔のまま、しばらくじっと俺を見つめていた。値踏みをするような目つきだった。

彼の頭のなかでどんな計算がおこなわれたのかはわからなかった。やがて彼が口を開き、穏やかな口調でいった。

「そんなことをしたら、わたしの命がありませんよ。知ってるでしょ、月浦さんがどういう人間か」

「その心配はいらない。居場所を教えてくれれば、俺があの女を殺す」

「だけど、しくじったら、わたしの命もあなたの命もありませんよ」

「俺は失敗しない。あの家のなかを見たら、わかるはずだ」

男は俺がさきほど出てきた家に視線を向けた。そして、ふたたび俺に視線を戻す。

「ふう、六千万ですか……月浦さんといたら、もっと稼げますよ。あんな人は、そうそういません」

「きっと、そうだろうな。だが、俺の取引に乗らないなら、いまこの場でお前を撃つ」

ハーフ顔の男は鼻で軽く笑った。

「それじゃあ、従うしかないじゃないですか」

BAKER 18

僕はハーフ顔の男が運転するヴァンのなかで考えていた。

――結局、また戻ってしまった。盗みの世界に。

もう二度と繰り返さないと誓ったはずだったのに、これは太陽を助けるためではあったが、誓いを破ることには変わりなかった。

あれほど情熱を注いでつくりあげたパン屋の生活が、呆気なく崩れ去ろうとしていた。ヴァンが進めば進むほど、パン職人から離れていくように感じる。

――くそっ、月浦め……。

ヴァンは、目出し帽を被った男たちを次々に乗せていった。合計三人だ。皆、乗りこむ前から目出し帽を被り、気持ち悪いほどの無言で、慣れた様子を醸《かも》しだしていた。これがはじめての仕事ではないのだろう。

——盗みのプロたちか。

よく躾《しつけ》られた動物が、飼い主から餌を与えられるのをじっと待っているような雰囲気がそこにはあった。

まったく奇妙な状況だったが、これを成功させなければ、太陽を救うことはできない。この男たちに協力するしかなかった。

ヴァンに揺られながら、目的地に着くのを待った。

現場に着き、僕とハーフ顔の男以外の者たちがおりていった。日差しが眩しい。時刻は昼過ぎぐらいだろう。

僕のコードネームはイプシロンと名付けられた。僕は自分が馬鹿げたゲームに組みこまれているのを感じていた。だが、馬鹿げてはいても、これを完遂しなければ太陽は救えない。

準備ができたといわれて、僕が詐欺師集団の家に入ると、そこには凄惨な光景が待っていた。なかにいた者たちは、皆、殺されていたのだ。五人の遺体が薄汚れた部屋のなかに転がっていた。

——これじゃあ、盗みではなく殺戮《さつりく》だ。

死んだ人間を跨《また》ぎながら奥に向かい、吐きそうになりながら、僕は金庫の前に行った。開錠することに問題はなかった。問題は、なかから金をとりだす直前、自分が三人の男たちに殺されようとしているのに気づいたことだった。

僕はハーフ顔の男に銃を持たされていた。その銃で撃たれる前に撃とうと思った。まだチャンスはある。成功しないかもしれないが、このままむざむざと背後から撃たれて死ぬよりはましだ。が、銃を触って気がついた。

――この銃には弾が入っていない。

あいつらは、最初から僕が金庫を開けたら殺すつもりだったのか……。

その瞬間、奇妙な感覚に襲われた。

――僕は以前、これと同じことをしたことがある……。

金庫はまだ開けていなかったが、そのなかに拳銃があることが、なぜか僕にはわかったのだ。

――間違いなく、この金庫のなかに拳銃が入っている。

なぜ僕は、こんなことを知っているのだろうか？ デジャビュ？ いや、それよりももっと確実なものだ。しかし、僕がここへ来たことがないことも間違いない。だとすると、僕がそんなことを知っているはずがないのだ。

――だが、気にする必要がある。

ふいに、いつかの時計屋の店主の言葉が頭に響いた。

気にする？ 何を？

しかし、いまは信じるしかなかった。躊躇すれば、僕は殺される。

僕が金庫を開けると、やはり銃はそこにあった。僕は素早く拳銃を摑んで左横に跳んだ――身体を捻って銃口をうしろに向け、男たちを撃っていく。

男たちも撃ち返してきたが、僕にはあたらなかった。

一連の銃撃が終わると、彼らは皆死んでいた。

家のなかで生きているのは僕ひとりだった。家のなかは凄まじい光景が広がっていた。

金庫の中身をとりだし、その家を出て、ハーフ顔の男のところに戻った。

バッグを持って歩きながらも、やはり既視感が消えなかった。ハーフ顔の男の乗るヴァンに近づけば近づくほどこの感覚は高まっていく。

——僕は、確実にこれと同じことを前にしたことがある……。

いや、したことはない。ただ、知っているのだ。

だけど、これから何が起こるのかは知らなかった。知っているのは、これから僕が何をするべきかということだけだ。

死角から、ハーフ顔の男に銃を突きつけ、交渉した。

月浦のところに連れていけ、と。

まだ僕は太陽を救うことができる。

これは僕にしかできないことだ。

僕は、自分にとって何が大切かを知っている。

BOSS 18

俺は詐欺師集団の家から、ハーフ顔男の運転で月浦のアジトに向かっていた。

──あの女を殺す。

こんな組織が、この世界に存在していいはずがなかった。俺と太陽が目指した世界にこんな組織があってはならないのだ。

ハーフ顔の男は、約束どおり、月浦の居場所に案内してくれた。東京の奥多摩だった。国道から逸れると、途中から舗装がなくなり、車は雑草の生えた轍《わだち》の残るだけの道を走った。

ハーフ顔の男が嘘をついていないことは、ここへ来てわかった。ここを出るときは黒いフィルムを貼られたヴァンの後部座席に乗っていたが、それでも、音、匂い、雰囲気が、あの場所だと訴えていた。

ハーフ顔の男は、建物から五十メートルほど離れた場所で俺をおろした。

月浦の居場所もハーフ顔の男は教えてくれた。三階の東の端の部屋だ。やるからには確実にやってほしいのだろう。でなければ、あの男も困るはずだ。あの男もある意味残酷な男だった。それとも現実的というべきか。

ヴァンが走り去る前に、ハーフ顔の男は俺にもう一度念を押した。

「確実にやってくださいね」

俺は頷いて、建物に目を向けた。
これは俺にしかできないことだ。
俺は、自分にとって何が大切かを知っている。

第四章

BOSS／BAKER　1

時刻は午後三時ぐらいか。影が長くなっていた。それにしても……。

——頭がひどく痛い……。

あの金庫を開けたときの争いで頭を打った覚えはなかったが、視界が歪み、頭の芯から鈍い痛みを感じた。

すべてのものが二重に見える。ふたつの像が微妙にずれたり、重なったりしている。

まるで、夢のなかを歩いているように、すべての動作が重く、遅くなっているようだ。

——痛い。

ぼくは思わず、その場にしゃがみこみ、目を瞑って目頭《めがしら》を強く押さえた。

くそ、どうなってるんだ。まだぼくにはするべきことがあるというのに……。

頼む。誰でも、何でもいいから、ぼくに力を貸してくれ！

ぼくは数秒、目頭を押さえ続けた。

そのとき、頭のなかに光が見えた。透明で強い光だった。

これは、何の光なんだ？

そう思って、目を開くと、目の霞みは消えていた。頭のなかがすっきりし、身体も軽くなっている。

——ぼくはできる。


ハーフ顔の男の話によると、この建物には護衛の男たちが十人ほどいるそうだった。近くまで来ると、建物は、古い病院のように見えた。隔離された、昔ふうの病院だ。打ち捨てられたこの建物の内部を改築して、月浦は拠点にしているのだろうか。剝きだしのコンクリートの外装は見るからに醜い。

なかで暮らす者のことを考えず、外から見るもののことも考えず、まわりの人間を無視し、自然を伐採して、ただそこに意味もなく屹立《きつりつ》する。自分がそうしたいがためだけに、エゴイスティックに存在しているのだ。

出入口には頑丈そうなドアがあった。これもあとからとりつけたものだろう。鍵がかかっていたが、道具は用意してある。鍵穴にピッキングの道具を差しこんで、開錠し、静かにドアを開けた。

ぎ、ぎ、と軋みながらドアは開いた。

なかに入る。ひんやりとした空気を感じた。拳銃を構えながら進んでいく。自衛隊時代にコンクリートでつくられた狭い空間で射撃訓練したことを思いだした。〝バトラー〟と呼ばれるレーザー照射装置を装着した小銃でおこなうものだ。ぼくの成績は優秀だった。

この建物に、ぼくに勝てる者がいるとは思えなかった。殺人者の集団だろうが、訓練をしているはずがない。ぼくは、何年も訓練してきたのだ。

階段から誰かがおりてくる音が聞こえた。どこかにセンサーがあって、作動したのだろう。いかにも月浦の組織がしそうなことだった。カメラが仕掛けてあったのかもしれない。

階段から現れた男たちは、サブ・マシンガン――九ミリの機関銃だった――を持っていた。ふたりだ。ぼくを見ると、すぐに撃ってきた。

ぼくは拳銃を撃ちながら、壁の窪《くぼ》みに入った。数秒、射撃音が続いた。音が途切れたとき、ぼくは窪みから出て撃った。ひとりの男を倒す。ヘッドショットだ。

またサブ・マシンガンの連射がはじまる。もうひとりの男が恐慌をきたして撃ちまくっているようだった。狙いが定まっておらず、いかにも素人の撃ち方だった。

射撃音が切れたとき、またぼくは窪みを出て銃を撃った。相手は隠れていた。ぼくは銃を構えながら前に進んでいった。

男がサブ・マシンガンを持って現れたとき、男の頭を撃ち抜いた。男は血飛沫《ちしぶき》をあげてうしろに倒れた。男は倒れながらサブ・マシンガンを撃ち続けた。天井に銃痕が線のようについていく。

男が完全に倒れると、サブ・マシンガンの掃射音も消えた。天井からコンクリートの破片がばらばらと落ちてきた。

男が銃器の扱いに慣れていないことは一目瞭然だった。構える動作も撃つ動作も、訓練した者の目から見ると、あまりにも遅すぎる。

ぼくは、死んだふたりの男からサブ・マシンガン二丁と腰につけてあった弾倉を奪うと、両手にそれぞれ一丁ずつサブ・マシンガンを持って階段をのぼっていった。

BOSS／BAKER 2

二階は、もともとは何かの作業をする場所だったのだろう。広い空間で備えつけの大理石のテーブルが等間隔に離して置かれてある。その広い空間のまわりに小部屋があり、男たちはそこにいたようだった。皆銃器を持って出てきて、ぼくを殺そうとした。

ぼくは歩きながら、サブ・マシンガンのセレクターレバーをフルオートにして撃った。頭のなかには、いつしか『ストロベリー・フィールズ・フォーエバー』が流れていた。

ジョン・レノンの少しくぐもった歌声を聞きながら、ぼくは、撃って、撃って、撃ちまくった。一秒間に二十発発射される九ミリパラベラム弾が空気を切り裂いていた。

拳銃を二丁持った男が大量のパラベラム弾を浴びて、痙攣しながら倒れていく。ジョン・レノンの歌声に激しい掃射音が重なる。小刻みに前後に揺れる振動で、ぼくの上腕筋、胸筋、頬が震えていた。世界も揺れている。ぼくの世界が終わりに近づいていることをぼくは本能で悟っていた。

渾身の力で機関銃を握りしめる。彼らも撃ち返していたが、もはやぼくにはどうでもいいことだった。銃弾が頬を掠める。すべてのことが現実ではないように思える。窓ガラスが砕け散る。動くものがあれば、そこを掃射した。弾がなくなれば、屈みこみ、ポケットに突っこんだ新しい弾倉と入れ替え、槓桿《こうかん》を引き、また立ちあがって撃ちまくる。弾が大理石のテーブルを砕いて破片を飛ばし、壁に穴を開けていく。

——ストロベリー・フィールズ・フォーエバー。

空薬莢がバラバラと真横に飛びだし、部屋には硝煙が立ち籠めていった。機関銃が熱くなっていく。

彼らは生きるべきではなかった。それは、ぼくも同じだ。命は惜しくない。左にいた男を撃つ。右手の機関銃の弾倉が尽き、放り投げて、腰に収めた拳銃に切り替えた。シグ・ザウエルP226だ。ハーフ顔の男が持ってきていた武器だ。正面の男に二発。右手で単発を撃っていく。左手に持つ機関銃の弾が尽きると、左手はベレッタ92に切り替えた。テーブルのうしろに隠れていた男を撃つ。

階段のところまで来ると、撃つのをやめた。もう立っている者がいなかったのだ。残っているのは、硝煙の香りだけだった。部屋は硝煙で白く曇っていた。

『ストロベリー・フィールズ・フォーエバー』も終わっていた。

何人殺したのかわからない。あとは三階だけだ。

階段をあがっていく。

そのときだった。

一発の銃声が部屋に響いた。

と、同時に背中と腹部に鋭い痛みを感じた。見ると、服に血が滲んでいた。

――撃たれた？

振り返って、相手を確認しようと思ったが、どこにいるのかわからなかった。倒れた者が苦し紛れにぼくを狙ったものだろう。

まぐれあたりだ。

だが、まぐれあたりではあっても、その弾丸はぼくの身体を貫通していた。腹部から血が流れだすのを感じる。

想像していたよりも痛みは少なかった。臓器にはあたらなかったのかもしれない。実際にはわからなかったが、少なくとも身体はまだ動く。

ぼくは銃弾が放たれたと思しき方向に向けて、両方の手で銃を連射した。シグ・ザウエルとベレッタで。

あたったかどうかはわからないが、どうでもよかった。

先を急がないといけない。

まだ、あの女がいる。

血を流しながら、階段をのぼった。

――大丈夫だ。まだ身体は動く。

あと少しだけ、この身体が持ってくれさえすればいい。

コンクリートの踊り場を曲がって階段をあがっていく。

女のいる部屋はわかっていた。東の端の部屋だ。三階は、もとは何に使っていたのかわからないが細長い通路があり、通路の片側だけに部屋が並んでいる。部屋の数は十ほどだろうか。ぼくが監禁されていたのもここにある部屋のひとつだ。

階段をのぼりきり、通路を東に向かって歩く。血が足を滴り、それが靴から通路に血の靴跡を残していた。

壁に手を突きながら歩いた。

――くそっ。

身体が徐々に動かなくなっていた。思考もうまく働かない。

ようやく東の端の部屋の前に辿り着いた。部屋のなかからパチンという乾いた音が聞こえた。

鋼鉄製のドアを開けると、あの女――月浦が見えた。彼女は、ワンピースではなく、上下灰色のスウェットを着ていた。手にはゴルフクラブを持っている。アイアンだ。

「やっときたのね」月浦がゴルフクラブを杖のようにして立てた。

月浦の前には三メートルほど離れたところに大きなスクリーンがあり、ゴルフ場のコースが映っていた。青空と芝生。部屋の窓はカーテンで閉めきられている。すぐ外には本物の自然があるというのに、この女はわざわざ偽物の自然と向き合っているのだ。彼女はここでバーチャルのゴルフゲームをしていたようだった。

ぼくは右手を突きだすようにシグ・ザウエルを構えて月浦に近づいていった。

月浦が最初に出会ったときのように爽やかな口調でいった。

「下で銃声が聞こえてたから、誰かが来たんだと思ってたんだけど、あなただったのね」

ぼくはさらに近づいていき、月浦から二メートルの位置まで来て、足をとめた。

「あんたを殺す」ぼくは、いった。

月浦が片手で長い黒髪をうしろに流した。

「撃つならさっさと撃って。ちょうど次のコースをはじめようか考えてたところなの」

「……ぼくは殺すといってるんだ」

月浦が顎を少し突きだすようにして、ぼくを見た。

「わかってるわよ。下でわたしの部下を殺してきたんでしょ。あんなにたくさんいたのにね」

ぼくは、昂然《こうぜん》とこちらに顔を向けている女を見つめた。

「死ぬのが怖くないのか?」

「怖い?」月浦が不思議そうな顔をして、ぼくを見た。「まあ、あなたが撃ち損じるのは怖いわね。一瞬で間違いなく殺してくれるなら、怖くない」

「あんたは、死ぬことがどういうことか、わかってるのか？」

「世界が終わるだけでしょ。誰でもいつかは死ぬ」

ぼくは手の震えを抑えて、銃口を月浦の冷めた顔に向けた。

「あんなことをして後悔はないのか？」

月浦が眉根を寄せて、ぼくを見た。

「自分がしたいように生きてきたんだから、後悔はないわ」

「あんたが、いままでどれだけ金を貯めてきたのか知らないが、意味がなくなるんだぞ」

「意味？」月浦が笑った。「お金を集めるのに意味なんか考えたこともないわ。わたしは、ただそうしたいから、そうしてきただけよ」

「あんたのせいで多くの人が死んできたんだぞ！」

「あなた、世界を見たことがあるの？　世界とはそういうものでしょ。人は殺し合いながら生きているのよ」

「違う！　あんたは別の世界を見ている。世界は、もっと……違うものだ」

「違うものって何？　この世界に永遠のものなんて何もないのよ。知ってる？　宇宙にある太陽だって数十億年後には消滅するのよ」

月浦は右手をあげて、指を鳴らした。

パチン。

「こんなふうにね。そのとき、地球だって太陽に飲みこまれてなくなるのよ。だとしたら、どれだけ偉業を残した人がいても、どんなに素晴らしい発明をした人がいても、すべての記録も記憶も消えるのよ。だったら、何したって意味がないと思わない？」

「それは、ずっと先のことだろ」

「先だから、何？　自分が死んでしまったあとだから、気にしないの？……まあ、そうかもしれないわね。だから、みんな、自分の生きたいように生きるしかないんじゃないの？」

月浦が、目の前にある譜面台のような機器に手を触れた。

「撃つなら、さっさと撃ってよね。次のラウンドがはじまるのをとめなきゃいけないから」

ぼくが早く撃たないことに本気で苛立っているような口調だった。

ぼくは月浦の顔をじっと見つめた。

この女は、自分の命よりも、バーチャルゴルフの次のラウンドがはじまることを気にしている。

この女は死に対して、何の感慨をも持っていない。

はたして、ぼくがこの女を殺す意味はあるのだろうか？

この女の部下はもう残っていない――少なくとも役に立つ者たちは。いずれ、この女は、放っておいても自滅する。

ぼくは銃をおろして、首を振った。

「あんたは銃弾ひとつの価値もない」

「そう？　じゃあ、ゴルフの続きをするから出ていって」

そのとき、ぼくの横を一陣の風が吹き抜けた——いや、風だと思ったのはひとりの男だった。その男がぼくの横を駆け抜けていき、月浦の前に出た。

そして発砲した。

月浦が向こうに倒れていくのが見えた。ヘッドショットだった。頭を撃たれ、身体を傾けながら倒れていった。

銃を撃った男が振り返った。

あのハーフ顔の男だった。

「ちゃんと仕留めてくださいっていったでしょ。心配して来てみたら、やっぱり。この女は、人の心を操るのがうまいんですよ」

操る……。そうだろうか。この女は、心の底から、死に対して何も思いを抱いていないように見えた。

ハーフ顔の男はドアに向かいながら、いった。

「あなたも早くここから出たほうがいいですよ。このあたりには人家はありませんけど、あれだけ派手に撃ったんですから、警察が来ますよ」

ぼくは呆然と、倒れている月浦を見た。月浦はゴルフクラブを握ったまま、倒れていた。自分の人生に、他人の人生に、この世界に、まったく意味を感じない女が……。

放心状態のまま、ぼくは歩きだした。ドアに向かい、部屋を出る。

通路に出ると、ハーフ顔の男がカツカツと靴音を立てて歩いているうしろ姿が見えた。

ハーフ顔の男が階段の降り口まで来ると、銃声が聞こえた。ハーフ顔の男がうしろによろめいて、壁に背をつけた。それから、ずるずると、腰をおろしていった。

また銃声が響いた。

ハーフ顔の男の身体がびくんと動き、横に倒れた。階段にいる者から撃たれたようだった。

階段に誰かいるのだろうか？

BOSS／BAKER　4

ハーフ顔の男が倒れてから、通路は静まり返っていた。

ぼくは、ぼんやりと階段に向かって歩いていった。

階段の降り口まで来ると、階段に、銃を持ったまま手を伸ばした状態の男がうつ伏せに倒れていた。二階にいた男のようだった。ぼくを追いかけてここまで来たのだろうか？　男の下に大量の血が流れていた。

ハーフ顔の男に近づくと、彼はすでに息をしていなかった。目を大きく見開き、口を開けたまま、片脚を奇妙な形に伸ばして死んでいた。驚いた顔をしていた。どうして自分が撃たれるんだ、と思ったのかもしれない。

階段の男は、なぜハーフ顔の男を撃ったのだろうか？　仲間だとわからなかったのだろうか？

わからないことばかりだ……。

そのとき、ぼくは膝から頽《くずお》れた。

もう身体に力が入らなかった。ぼくの身体からも大量に血が流れでていた。

意識が遠くなっていく。

仰向けになって上を見つめた。ごつごつと不規則な凹凸のある天井が奇妙に大きく見えた。

——まるで寂しい惑星の地表みたいだ……。

その瞬間、ぼくはあることを思いだした。

ぼくは、ここに誰かを救いにきたのではなかったのか？

誰を？

——そうだ。太陽だ。

ぼくは、太陽を救いに来たのだ。

——いや、ぼくは太陽を殺してしまったはずだ……。

思考が混乱した。

——ほんとうに、ぼくは太陽を殺したのだろうか？

あのとき、拳銃から弾が出なくて、太陽は死ななかったのではなかっただろうか？　そして、ぼくたちは一緒にパン屋をした……。

あれは、幻想なのか？

ぼくの希望が、夢が、見せた幻想だったのか？　別の世界の出来事のようにも思えるし、実際にぼくが生きた世界のことのようにも思える。

……わからない。

目を瞑ると、浮かんでくる。

──雨宮、雨のトゥールーズ、シルバーストーン・サーキット、TGV、八雲、畑山酒造、ストロベリー・フィールズ……。

あれは──幻想じゃない。

すべてが現実だ。

だけど、ぼくはどっちの世界に生きているんだ?

ぼくは身体を起こし、立ちあがろうとした。しかし、もはやその力が残っていなかった。

それでも匍匐前進することはできる。ぼくは月浦がいた部屋の反対に向かって通路を這い進んだ。

血の道を描きながら進んでいく。

硬いコンクリートの通路を這っていった。肘を交互に出して前に進む。進むごとに、あれは幻想だったのではないかという思いと、現実だったのではないかという思いが交互に頭に去来した。

自分でも、どちらの世界に生きていたのかわからない。

あの時計屋で拳銃を手に入れたとき、店主がいっていた言葉を思いだした。

大切なものがある世界と、ない世界を生きる人間の話だ。あのとき、時計屋の店主は、分岐した世界がひとつになることがある、といっていた……。

そのとき世界は、〝流れ〟の強いほうの世界になると。

〝流れ〟とは何だ？

強い思いのことだろうか？

――わかった。

あの時計屋の店主は、きっとふたつの世界を生きたのだ。だから、彼は世界が分岐することを知っていたのだ。

そして、彼の世界はひとつになった。

彼の世界は、どうなったのだろう？　おそらくは自分が望まない世界になった。だから、ほかの者に同じことをさせたくなかったのかもしれない……。

あの店主は、生き方の話をしていた。

それぞれの世界で、どう生きたのか？

月浦は、どう生きたとしても意味はないといった。

意味はほんとうにないのか？

ぼくは、西の端に向かって這い進んだ。太陽がいると信じる部屋に向かって……。

いま、ぼくにできることは這い進むことだけだった。自分が大切に思っている人間を助けることを信じて……。

ぼくは、これまでも自分にできることをしてきた。大切な人のために。

信じる……希望……大切なもの……。

ぼくは西の端の部屋に辿り着いていた。

だが、身体がもう動かない。

——駄目だ。

最後の力を振り絞って、ドアノブを摑んだ。鍵がかかっていた。上半身を起こし、ポケットのなかを探る。

——あった。

ポケットには針金が一本入っていた。これさえあれば、ぼくはどんな鍵でも開けられる。

震える指で針金の先を一センチほど直角に曲げ、鍵穴に差しこんだ。

昔を思いだす。あれはいつの日のことだったろうか。遠い昔のことのようにも感じる。太陽とふたりでよく金庫を開けたものだ。悪人たちの金庫を……。

カチリ、と音が響いて、鍵が開いたことがわかった。

ぼくはドアノブを摑んで、引き開けた——。

BOSS／BAKER 5

人生はわからないことばかりだ。

だけど、そのわからないなかを進んでいかなくてはならない。たとえ、先に道が見えなくても。

一歩ずつ、前へ。

大切なものが失われたとしても、暗闇のなかを歩いていく。

意味はある、と思った。

たとえ、地球が消滅しても、宇宙が消滅しても、それまで歩んできた道にはかならず意味はある。それは——。

鋼鉄製のドアの向こうで、ぼくは見た。

——太陽！

太陽がそこに立っていた。笑顔を浮かべて、ぼくを見ていた。眩しいほどの笑顔だった。

ぼくが這いながら近づいていくと、太陽が優しく抱きすくめてくれた。ぼくの身体は太陽の腕のなかにあった。太陽の身体から熱を感じる。

——暖かい……。

これは太陽の暖かさだ。よく覚えている。その暖かさが、全身に伝わっていき、ぼくは、身体の芯から大きな幸福感が湧き起こってくるのを感じた。

ぼくも太陽の身体をひっしと抱きしめる。

これが、ぼくがずっと追い求めてきたものだ。

ぼくは自分が死につつあるのを感じながら思った。

——ぼくは幸せだ。

月浦は、永遠なものは何もないといった。しかし、それは間違っている。ぼくにとって、この瞬間は永遠だった。

もう、ぼくは怖くなかった。怖いものは何もない。

全身の力が抜けていくのを感じる。

そして、ひどく眠い――。

そのとき、〈ストロベリー・フィールズ〉のドアベルの音が聞こえた。それとともに映像が浮かんでくる。

――これは、いつかの夏の日だ。

※

からん、ころん、とベルが鳴ると、ぼくは奥の厨房から売り場に出た。

「いらっしゃいませ」

常連の老女が来ていた。エプロンをつけ、時刻は閉店間際。老女はぼくを見ると、にこりと微笑んだ。

店には、もうあまりパンが残っていなかった。

「すいません。あまり選べなくて」ぼくは老女に声をかけた。

店には、ほかに客はいなかった。

老女がトレーとトングを摑んで、ぼくを見た。

「いいのよ。もう孫が帰ったから。あたしが食べるだけを買いに来たの。お腹が空いちゃってね」

「そうですか。ごゆっくり」

　ぼくはレジの伝票を纏めながら、老女がパンを選ぶのを見ていた。

　人がパンを選ぶのを見るのが好きだった。

　あれにしようか。これにしようか。迷いながら楽しんでいる。人はパンを選ぶときに、何を考えるのだろうか？　きっとわくわくすることに違いない。

　老女は、クロワッサンとクランベリーの入ったライ麦パンをトレーに載せてレジに持ってきた。

「このライ麦パンは、ほんとうにおいしかったよ。きょうも残っててよかった」

「ありがとうございます。よく売れるんですよ」ぼくはエプロンで手を軽く拭い、レジスターの横にある消毒液をかけて、手を擦り合わせた。トングでパンを紙袋に詰めていく。

　老女が話す。

「どんな食べ物でもね、つくった人の気持ちが伝わるもんだよ。この店のパンはとっても優しい味がするのよね」

　ありがとうございます、礼をいうと、

「そうそう、孫に頼まれたことがあったんだった」老女はいった。

「何ですか？」

「もうひとりの男の人は、いま、お店にいる？」

「ええ、奥で仕込みをしていますけど……」

「忙しいと思うんだけど、ちょっと呼んできてくれないかい」

「いいですけど……少し、お待ちください」

太陽は不思議そうな顔をして出てきた。お客さんが呼んでいる、といってても意味がわからなかったのだろう。

「いらっしゃいませ」それでも太陽は笑顔で老女に声をかけた。

老女がいった。

「ああ、やってきたね」

老女の話によると、きのう、この店のパンを食べさせた五歳の孫娘に、誰がつくっているのか訊かれたのだそうだ。

「若いふたりのかっこいいお兄ちゃんたちがつくってるよ、っていうと、どんな人って訊くんだ。それでね、その人たちの写真を撮って送ってあげる、って孫に約束したんだよ。いまはこれですぐに送れるだろ」

老女はスマートフォンを持ちあげた。大きなウサギのストラップがついていて、それが、ぶらりと揺れた。

「いいかい?」老女は、まるで少女のように、はにかみながら尋ねた。

「もちろん、いいですよ」太陽はいった。

「できたら、店の外がいいね。外観も撮りたいから」

ぼくたちは店の外に出た。

天気のいい日だった。夏の暖かい日差しが、ぼくたち三人を包んだ。

「店の前に並んで立ってくれるかい？」

老女に指示されて、ぼくと太陽は店の前に並んだ。店の前は車を三台停められる駐車場になっている。坂道の途中にあるこの店の駐車場は斜めに傾いていた。

老女がスマートフォンを覗きこみながらさがっていく。店全体を収める構図を探しているのだろう。

ようやく決まったのか、老女が立ちどまり、ぼくたちに合図した。

「撮るよ。ほら、笑って」

覗きこんでから少しして、スマートフォンをおろした。老女がこちらを見る。

「そうだね。もう少し、寄ってくれるかい」

太陽がぼくに近づいてきて、ぼくの反対側の肩をうしろからがっしり摑んだ。

ぼくは笑い、ぼくも腕を伸ばして、太陽の肩を摑んだ。

ぼくたちが肩を組むと、老女は満足したのか、スマートフォンを覗き直した。それから合図した。

カシャ。

老女が帰ってからも、ぼくと太陽はしばらく駐車場にいた。

ぼくは空を見あげた。

雲ひとつない青空が広がっていた。

「ほんとうに、きょうはいい天気だな。こんな日がずっと続いたらいいんだけどな」ぼくは、いった。

太陽が意外そうな顔をして、ぼくを見た。

「そうか？　いろんな天気があるから、いいんじゃないか」

「そうかな。ぼくは晴れの日だけでいいけどな」

太陽が軽く肩をすくめた。

「だけど、実際には、雨の日も雪の日も風の日もあるわけだろ。だとしたら、すべてを受け入れて好きになったほうがいいじゃないか」

ぼくは笑った。

太陽らしい、と思ったからだ。自分が手に負えるかぎりは完璧を目指すが、手に負えないとわかると、あっさりとそれを受け入れる。

ぼくは逆だった。どんなものでも完璧を目指すことはない。ただ自分ができるかぎりのことをするだけだ。たとえ、それが無理だとわかっていることでも。

太陽は空に向けて両手を伸ばし、ひとつ大きな伸びをした。

「さてと、店を閉めるか」

「そうだな」

ぼくと太陽は店に向かって歩いた。太陽が先に店に入り、ぼくは一度立ちどまって、振り返った。もう一度空を見あげる。

西に傾きつつある大きな太陽を目に入れた。白くて黄色い光がぼくの目に飛びこんでくる。目が眩んだ。その刺激が恐ろしくもあり、暖かくもあった。目を閉じると、瞼《まぶた》に太陽の像がはっきりと残っていた。

ぼくは、目を瞑ったまま、その白い光の輪郭に手を伸ばした。

たとえ届かなくてもいい。触れられなくてもいい。そこにそれがあると信じられるなら。

信じる。ゆえに「ぼく」はある。

——これが、ぼくの世界だ。

店に向き直ると、ぼくはドアの外に掲げている木の看板を裏側に向けた。

CLOSED

本作は書き下ろしです。

上田未来《うえだ・みらい》
一九七一年山口県生まれ。関西外国語大学卒。
「濡れ衣」で第四一回小説推理新人賞を受賞。
著作に『人類最初の殺人』がある。

ボス／ベイカー
二〇二三年一月二二日　第一刷発行
著者　上田未来
発行者　箕浦克史
発行所　株式会社双葉社
〒162－8540
東京都新宿区東五軒町3－28
電話　03－5261－4818（営業部）
03－5261－4831（編集部）
http://www.futabasha.co.jp/
（双葉社の書籍・コミック・ムックが買えます）
印刷所　大日本印刷株式会社
製本所　株式会社若林製本工場
カバー印刷　株式会社大熊整美堂
DTP　株式会社ビーワークス

ISBN978-4-575-24597-4 C0093